Karin Müller

Alani und Windblüte

Alarm im Tausendflügeltal

Karin Müller

Alani und Windblüte

Alarm im Tausendflügeltal

Band 1

Illustriert von Isabelle Metzen

KARIBU

Kapitel 1

KLONK!

Mit dem hohlen Geräusch, das erklingt, wenn Bambusholz gegen Bambusholz schlägt, flog die Tür des Schulbaumhauses auf, und knallte gegen die Wand. Da war es mit der schläfrigen Ruhe im Tausendflügeltal aus und vorbei.

In den Baumkronen über der Schule schreckte ein Schwarm bunter Krummschnäbel aus dem Mittagsschlaf. Empört tschilpend sammelten sie sich im sommerblauen Himmel und drehten in einem eleganten Bogen ab. Immer noch schimpfend steuerten sie ein paar sehr weit entfernte Baumwipfel an.

Eine einzelne orange-blaue Feder blieb kurz auf dem Bretterboden liegen.

„Windblüte! Wo bist du? Die Schule ist aus, bist du startklar?“, rief Alani.

Sie stürmte als Erste ins Freie und rannte über den riesigen Balkon zu den Landeplätzen. Dort, hinter

dem Geländer, hatten die meisten Schmetterlinge der Kinder dösend oder spielend den Vormittag des letzten Schultages verbracht.

Windblüte hob den Rüssel aus einer Tränke mit süßem Honigtau und zirpte ihr freudig entgegen.

Alani bremste ab und lächelte. „Na, du? Danke, dass du auf mich gewartet hast!“

Liebevoll schmiegte sie ihre Stirn an die Stirn von Windblüte und streichelte sanft über die weichen Gesichtshaare ihrer geflügelten Freundin. Ihr Herz klopfte wie wild, und sie versuchte, nicht zu ungestüm zu sein. Mit Schmetterlingen muss man sehr behutsam sein, auch und besonders, wenn man es eilig hat. Das hatte sie schon im Kindergarten gelernt.

Alani bemühte sich, ruhiger zu atmen. Aber das war ganz schön schwer an einem so aufregenden Tag wie heute.

Windblüte zirpte vergnügt und putzte sich mit einem ihrer Vorderbeine einen Tropfen Honigtau vom Fühler.

Kichernd schob Alani den Rüssel ihres Schmetterlings beiseite und wischte sich die Hand an ihrer braunen Leinenhose ab. „Lass das, du Scherzpollen, du bist klebrig.“

Links und rechts von ihnen polterten jetzt rufend und lachend die anderen Kinder heran. Eins nach dem anderen begrüßten sie ihre Schmetterlinge, warfen ihre Stoffranzen und Rucksäcke über das Geländer, kletterten hinterher und flogen nach Hause.

Die kleine orange-blaue Krummschnabelfeder wurde aufgewirbelt.

War es der Luftzug, den die Kinder verursachten, als sie über den Balkon rannten? War es die Schwingung der vielen kleinen Füße auf dem mit Lianen zusammengeknüpften Bambusboden?

Egal, was es letztlich verursachte, es hob die kleine Feder noch einmal an und schubste sie über die Kante des Baumhauses in die Tiefe. Schillernd trudelte sie durch das Blätterdach, während jetzt als Letzte auch Nalu und Tua bei Alani und den drei verbliebenen Schmetterlingen ankamen.

Windblüte kitzelte Alani unter dem Kinn. Sie zirpte wieder. Ihre Stimme war so hoch und leise, dass nur die Menschen im Tausendflügeltal sie überhaupt hören konnten.

„Ja“, antwortete Alani, „ich bin auch froh, dass wir jetzt mehr Zeit füreinander haben. Den ganzen Sommer lang! Nur du und ich!“

Tua hatte gehört, was Alani gesagt hatte. „Den ganzen Sommer lang nur du und Windblüte? Vergiss es!“

„Na, und ihr natürlich!“ Alani lachte gutmütig und umarmte ihre besten Freunde. „Da seid ihr ja endlich!“

Die drei gingen in dieselbe Klasse – es gab nur eine im Tausendflügeltal –, und sie verbrachten jede freie Minute miteinander.

Und jetzt hatten sie es wirklich eilig.

„Wo bleibt ihr denn so lange? Windblüte und ich warten schon seit Stunden!“, sagte Alani.

„Du Schwindlerin! Es ging nicht schneller“, rief Nalu lachend und stupste Alani scherzhaft gegen die Schulter. „Rate, warum: Hier, du hast deine Brotdose vergessen! Schöne Grüße von Frau Saatgut.“

„Ach, ich Schirmflieger, danke schön!“ Alani nahm Nalu das Kästchen ab, das ihre Mutter aus Palmblättern geflochten hatte, und stopfte es zu den übrigen Schulsachen in ihren Rucksack. „Die werde ich jetzt eine ganze Weile nicht mehr brauchen!“

Sie strahlte Nalu an, die verzweifelt versuchte, den Kopf ihres Schmetterlings aus der Tränke zu zerren. Aber Gelbwürfel wollte weiternaschen.

„Endlich Ferien!“, rief Tua.

„Ja, den ganzen Sommer schulfrei!“, keuchte Nalu.

„Und das heißt: Feiern! Ab zum Raupentag!“, rief Alani und warf ihren Rucksack über das Balkongeländer.

Dann kletterte sie flink hinterher und reichte Tua die Hand, um ihm über die Bambusholme zu helfen.

Etwas umständlich stieg er auf das Geländer und streckte sich, um Braunauge, einen kräftigen Schmetterling mit plüschigem Brustfell, das in Grün-, Violett- und Gelbtönen schillerte, ausgiebig am Hals zu kraulen. Auf den Schwingen hatte Tuas Schmetterling große Flecken, die tatsächlich an riesige Augen erinnerten. Und das war irgendwie passend, denn Braunauge bekam alles mit.

Leise zirpend machte er Tua jetzt darauf aufmerksam, dass Nalu immer noch mit Gelbwürfel an der Honigtautränke kämpfte. Der Falter wuschelte mit seinem Rüssel gerade abwechselnd durch Nalus Haare und suchte in den Taschen ihres Kleides nach Süßigkeiten.

„Flieg ruhig schon vor!“, sagte Tua augenzwinkernd zu Alani. „Wir kommen gleich nach.“

Alani nickte lachend. Sie glitt auf Windblütes Rücken und wackelte mit den nackten Zehen. „Mein linker großer Zeh juckt. Das ist ein untrügliches Zeichen. Es liegt was in der Luft! Das wird ein übersummsiger Supersommer, wollen wir wetten?“

Kapitel 2

„Hatschi!"

Am Fuß des Baumes, auf dem das Schulbaumhaus thronte, ganz tief unten, nieste jemand so laut, dass alle zusammenzuckten.

Alani und Windblüte glitten durch die Zweige, umkreisten den Baumstamm und spähten hinab.

Die uralte Pilzfrau Morchella hatte es sich zwischen den Luftwurzeln des riesigen Baumes bequem gemacht und kräuselte die Nase.

„Gesundheit!"

„Danke! Wusstet ihr übrigens schon: Es ist jemand in die alte Burg gezogen. Wenn ihr mich fragt, wird das noch … haaatschichhhhripschühhh…"

„Morchella?" Alani beugte sich über den Hals von Windblüte. „Was hast du gesagt?"

Doch die Pilzfrau war mitten im Satz eingeschlafen – wie so oft.

Windblüte sirrte fragend.

„Natürlich bin ich auch neugierig. Los geht's!",

rief Alani und beugte sich weit nach vorn. „Tiefflug!“

Windblüte legte die Flügel an und schoss nach unten. Erst ganz knapp über dem Boden bremste sie ab und glitt haarscharf neben dem Wabenhut der alten Morchella vorbei.

Das war der Moment, in dem Alani die Hand ausstreckte und zugriff. „Hab sie!“, rief sie triumphierend und hielt die orange-blaue Feder hoch. „Die kitzelt dich nicht mehr. Was hast du da über die Burg gesagt?“

Aber in derselben Sekunde zerfiel der Pilzkörper bereits mit einem Niesgeräusch zu Staub, und die Morchella war wieder einmal verschwunden.

„Gesundheit!“, rief Nalu abwesend von oben in den Wald hinunter.

„Sausemerker“, kicherte Alani und steckte sich die Krummschnabelfeder ins Haar.

Windblüte zirpte ungeduldig. „Ja, ich frage mich auch, wo die vier bleiben. Finden wir’s raus.“

Mit einem breiten Grinsen im Gesicht tauchten sie und Windblüte auf der anderen Seite des Schulbalkons auf.

„Morchella hat sich schon wieder verpufft“, rief sie.

Windblüte fächerte mit blitzschnellen Bewegungen Luft unter ihre Flügel, um direkt neben Gelbwürfel in der Luft stehen bleiben zu können.

„Wie immer“, sagte Nalu achselzuckend. „Manchmal frage ich mich, ob die Morchella jemals einen Satz zu Ende bringt, bevor sie einschläft.“ Ein bisschen außer Puste schob sie Gelbwürfels Saugrüssel aus ihrem Gesicht. „Wie viel Zeit haben wir noch?“ Nalu sah nervös zu Tua und seinem Falter hinüber.

Braunauge machte Aufwärmübungen und benutzte Tua als Gewicht für Liegestütze.

„Kein Stress“, sagte Tua kichernd, während der Rücken seines Schmetterlings sich mit ihm hob und senkte. Aber jetzt breitete auch Braunauge die Flügel aus, hob ab und drehte eine erste gemütliche Runde, um sich weiterzudehnen und -zustrecken.

Windblüte und Alani jagten spielerisch Braunauge und Tua hinterher. Die beiden Schmetterlinge wirbelten in wilden Drehungen durch die Luft und sausten unter den tellergroßen Blättern eines Blauregens hindurch. Alani und Tua juchzten und lachten.

Gelbwürfel dagegen dachte gar nicht daran, loszufliegen. Er machte die ganze Zeit den Rüssel lang und alberte herum: Er zupfte an Nalus Ohren, spielte mit ihrer Gürtelschnalle und angelte an ihrem Arm vorbei, um ein letztes Mal an die Tränke mit dem süßen Honigtau zu gelangen. Es gab keinen Schmetterling auf der ganzen Insel Alamea, der vernaschter war als Gelbwürfel! Aber auch keinen treueren.

„Du bist so ein kleines Dickköpfchen!“ Nalu rückte ihre Umhängetasche zurecht und kraulte den großen Falter unter dem Hals. „Willst du etwa deinen Einsatz als Raupenpate verpassen?“

Der gelbe Schmetterling sah sich um. Die Plattform war wie leer gefegt. Er zirpte schuldbewusst und ließ den Rüssel hängen.

„Nein, es ist nicht schlimm“, tröstete Nalu ihn. „Sie fangen bestimmt nicht ohne euch an. Das schaffen wir noch, na komm.“

Gelbwürfel sirrte und rollte seinen Saugrüssel ein. Zirpend knickte er die Beine und ließ Nalu auf seinen Rücken steigen. Endlich konnten sie den anderen hinterherfliegen. Erleichtert schob Nalu sich in Gelbwürfels dichtem Pelz zurecht und schnalzte mit der Zunge, damit er wusste, dass sie bereit war. Dann hoben auch sie ab.

Nalu fühlte den Wind in ihrem Gesicht und ihrem Haar, als sie mit jedem Flügelschlag höher und höher stiegen. Ihr Magen gluckerte vor Glück – und vor Erleichterung, dass sie jetzt auch endlich gestartet waren.

„Da seid ihr ja!“ Alani lenkte Windblüte neben sie und lächelte warm.

Nalu nickte erschöpft.

„Lasst uns schnell die Schulsachen nach Hause bringen, und dann treffen wir uns auf der Wiese vor dem Raupenkindergarten“, schlug Alani vor.

„Aber wirklich nur kurz abwerfen und weiter“, sagte Nalu und kniff in Richtung von Gelbwürfels Kopf die Augen zusammen. „Keine Futterpause! Mein Freund hier möchte ganz sicher nicht zu spät kommen. Das wäre ihm peinlich. Und wir müssen den ganzen Weg laufen. Das wird dauern. Apropos: Hast du herausgefunden, wie wir schon vor der Enthüllung reinkommen können, Alani?“

Braunauge riss den Kopf hoch, gab ein misstrauisches Geräusch von sich und verharrte einen Moment lang vor Gelbwürfel in der Luft.

Windblüte machte eine komplette Kehrtwendung, flog direkt auf Nalu zu und sah sie ebenfalls fragend an. Sogar der sonst so träge Gelbwürfel spitzte die Fühler und kreiste damit aufgeregt zwischen den

Kindern hin und her. Wildes Gezirpe brach zwischen den dreien aus.

„Nalu! Psst!“, machten Alani und Tua gleichzeitig.

„Wenn du das noch lauter sagst, denkt noch jemand, du meinst das ernst!“ Alani sah ihre Freundin beschwörend an.

„Ja, aber, wollten wir denn nicht …?“

„Kein Grund zur Aufregung. Sie hat nur einen Witz gemacht“, rief Tua laut in Richtung der Falter.

„Ach so, äh, ja genau“, bestätigte Nalu mit roten Ohren. „Pollenkuchen, irgendjemand?“ Nervös kramte sie in ihrer Umhängetasche.

Tua und Alani schüttelten die Köpfe.

Gelbwürfel tastete sofort mit ausgerolltem Rüssel zu ihr nach hinten. Nalu legte ein Pollenküchlein hinein. Gelbwürfel schmatzte, und Nalu atmete aus. Damit ließ er sich immer ablenken und beruhigen. Braunauge und Windblüte wirkten ebenfalls besänftigt und ließen sich mit dem Wind in Richtung des kleinen Dorfes auf der anderen Seite der Lichtung treiben.

Unter ihnen, am Fuß des kleinen Bachs, der die Blütenwiesen von den Gemüsebeeten trennte, schlug

Morchella die Augen auf, als der Schatten der Schmetterlinge und ihrer Reiter kurz auf sie fiel.

„… *ein sehr aufregender Raupentag*“, beendete sie ihren Satz von vorhin, sah sich um und stellte fest, dass außer einem kleinen Borkenkäfer, der sie erstaunt ansah, niemand mehr da war.

Der Borkenkäfer kroch neugierig auf Morchellas runzeligen Stiel und klopfte.

Die Morchella blinzelte schläfrig mit einem Auge. *„Nein, ich bin wach! Ganz wach!“*

Der Borkenkäfer pochte aufgeregt mit seinem Hinterteil auf Morchellas schrumpeligem Pilzhut herum.

„Ach, meinst du? Hmm … Nein, ich habe kein Problem mit meiner Müdigkeit. Meine Sporen sind einfach sehr wirksam. Aber man kann ja nicht gegen sich selbst allergisch sein. Oder etwa doch?“

Sie schüttelte den Kopf, und der kleine Käfer verlor beinahe das Gleichgewicht.

„Entschuldige. Soll ich dir etwas verraten?“ Sie kämpfte schon wieder gegen ein Gähnen an. *„Es ist jemand Neues im … wchrrpschüüüüüh.“*

Der Borkenkäfer wartete einen Moment, ob der Satz noch weiterging, aber der alten Morchella waren bereits die Augen zugefallen. Schnarchend löste sie sich auf und zerfiel erneut zu Pilzstaub. Der Käfer plumpste auf die Erde und schüttelte zuerst sich und dann seinen Kopf.

Kapitel 3

In den Zweigen über dem verdutzten Borkenkäfer raschelten die Blätter. Ein Schatten löste sich aus der Baumkrone. Etwas Großes, Dunkles breitete die Flügel aus und schwebte auf den Waldboden. Eilig krabbelte der schmale Käfer in die Deckung eines umgestürzten morschen Baumstammes und verzog sich in einen Gang unter einem Stück Rinde.

Hinter ihm klopfte jemand höflich gegen das Holz. „Gnek Check pschüh Mopuff?“

Der Borkenkäfer rührte sich nicht. Vorsicht war die Mutter der Spinnweberin.

Das große dunkle Tier klappte die ledrigen Flügel ein und drückte ein Auge gegen den Spalt zwischen Baum und Borke, um besser sehen zu können.

„Gnegg glekk Glagg, nek cheekk!“

Das Tier hob drei Finger, die

mit dem ledrigen Hautflügel seiner rechten Pfote verwachsen waren. Dann pulte es ein Stück Rinde ab und tastete mit seiner langen Zunge in das runde Loch, in das der Borkenkäfer gekrabbelt war.

Der Borkenkäfer hielt sich zitternd die Augen zu.

Da knackte ein Ast. Und da waren Stimmen. Jemand kam!

Bedauernd breitete das Tier die Flügel aus und flog zurück in seinen Schlafbaum.

Ein paar Meter weiter kamen Alani, Tua und Nalu jetzt zu Fuß über den schmalen Trampelpfad, der vom Dorf zur Festwiese führte.

„Laufen ist soooo ungewohnt“, beschwerte sich Tua.

„Und überbewertet“, murrte Nalu.

Alani kicherte. „Ja, fliegen ist schöner, da gebe ich euch recht. Aber einen Tag im Jahr werden wir's aushalten. Los kommt weiter, wir sind gleich da.“

Vor ihnen raschelte es. Gras und Moos wurden auseinandergeschoben, und etwas bohrte sich aus der feuchten Erde.

Die Kinder zögerten kurz. Nalu rettete sich mit einem Sprung hinter Alanis Rücken.

Alani lachte, als sie die rasch wachsenden Umrisse vor ihnen erkannte. „Ach, du bist's, hallo, Morchella!"

„Himmel, sie erschreckt mich jedes Mal", ächzte Nalu und traute sich hinter Alanis Rücken hervor.

Mit krächzender Stimme brabbelte das uralte Pilzwesen vor sich hin, während es weiter und weiter in die Höhe wuchs: „... *Tausendflügeltal ... Nanu? Wo ist denn mein borkiger kleiner Käferfreund hin? Habe ich ihn etwa gelangweilt?*"

Erstaunt schaute die alte Morchella zuerst sich um und dann die Kinder an.

„Wir haben niemanden gesehen. Einen besonders schönen Raupentag wünschen wir dir!", sagte Alani.

„*Den wünsche ich euch auch.*" Die alte Pilzdame rekelte sich und gähnte. „*Oh, eine hübsche Krummschnabelfeder hast du da. So eine hat mich vorhin wach gekitzelt.*"

„Ich weiß", sagte Alani kichernd.

„*Ach ja?*" Die Morchella zwinkerte ihr gut gelaunt zu. „*Gib gut darauf acht, diese Feder kann noch sehr wertvoll für dich werden. Wohin seid ihr denn eigentlich zu Fuß unterwegs, so kurz nach Schulschluss?*" Ihre Augen glänzten schon wieder schläfrig.

„Wir, äh …“ Tua brach ab und sah hilflos zu Alani.

„Zum Raupenkindergarten natürlich“, antwortete sie ehrlich.

„*Wohin sonst*“, erwiderte die weise Morchella und lächelte. „*Ein Weg entsteht, wenn man ihn geht. Aber seid ihr nicht ein bisschen zu früh dran?*“

„Oh, sieh mal, da ist ein kleiner Borkenkäfer“, rief Alani und zeigte auf das Stück Totholz, aus dem zwei Fühler unter der Rinde hervorlugten. „Hast du den gesucht?“

„*Ja, wie schön*“, antwortete die Morchella abgelenkt. „*Hast du dich vor irgendetwas erschrocken?*“, fragte sie den Käfer.

Der Borkenkäfer klopfte aufgeregt.

Die Morchella bewegte langsam ihren Wabenhut hin und her. „*Was du nicht sagst. … Nein, Flughunde gibt es hier normalerweise nicht. Ist er noch irgendwo?*“

„Wer?“ Alani folgte Morchellas Blick mit den Augen. „Ich sehe nichts. Was ist denn ein Flughund?“

„*Ein Verwandter der Fledermaus. Harmlose, nachtaktive Tiere, die sich von Blüten, Pollen und Früchten ernääähr…*“ Die Morchella gähnte – und schlief ein. „*Chchrr … Hpschüüüüüh.*“

Der kleine Borkenkäfer schüttelte den Kopf und sah Alani, Tua und Nalu nach, die schnell weiterliefen.

„Das war ganz schön knapp, oder?“, sagte Tua ein wenig außer Atem.

„Ach was“, rief Alani fröhlich und hüpfte über einen kleinen Bach. „Wir wissen doch, dass die liebe Morchella immer sofort einschläft, wenn sie etwas erzählt. Über den Flughund hätte ich allerdings gern mehr gewusst.“ Sie zuckte mit den Achseln. „Ein andermal. Eine Mission nach der anderen!“

Über ihnen, unbemerkt und gut getarnt in den Bäumen, öffnete das fremde Tier seine dunklen, ledrigen Hautflügel aus und glitt über den Baumwipfeln davon.

In einem eleganten Bogen umflog es das Wegstück, auf dem Alani und ihre Freunde unterwegs waren. Es schoss im Tiefflug dicht über die Köpfe der Krummschnäbel, die kreischend in alle Richtungen auseinanderstoben, und ließ das Waldstück hinter sich.

Kapitel 4

„Mir tun die Füße weh! Sind wir bald da?“

„Seid leise! Wir haben es gleich geschafft.“

Alani, Tua und Nalu pirschten gebückt durch das schulterhohe Gras. Ihre Schmetterlinge waren bereits im Raupenkindergarten. Sie waren die Einzigen, die heute schon vor der offiziellen Raupenbettverkündung in den Kindergarten hineindurften. Keine Gäste. Jede Raupe sollte sich vollkommen ungestört eins der von den Kindern gebastelten Bettchen aussuchen – und damit auch ihren späteren Reiter wählen. So war es Tradition.

Diesen Auftrag nahmen die Paten-Schmetterlinge ziemlich ernst.

Aber Alani, Tua und Nalu waren fest entschlossen, sich trotzdem hinzuschleichen. Nicht aus Neugier natürlich – Nalu hatte ihrem kleinen Bruder Hoku ihr Wort gegeben, weil er so nervös war.

„Das zu versprechen, war ganz schön leichtsinnig von mir, oder?“ Nalu stapfte hinter Tua durch das letzte Stück ungemähter Urwaldwiese. Sie hatte Mühe, den zurückschnellenden Halmen auszuweichen.

„Leichtsinnig, schwersinnig, Fliegenpups oder Hummelpo?“, kicherte Tua.

„Oberpolliger Scherzpollen“, erwiderte Nalu.

„Nicht leichtsinniger, als ausgerechnet vor unseren übereifrigen Raupen-Paten davon anzufangen“, antwortete Alani und drehte sich grinsend zu den beiden um.

„Ja, das wäre beinahe schiefgegangen, entschuldigt“, jammerte Nalu.

„Oberpolliger Trauerpollen“, sagte Tua fröhlich.

„Wir ziehen das gemeinsam durch. *Mit nur einem Flügel kann niemand fliegen,* meint die Morchella doch immer. Mach dir keine Sorgen“, sagte Alani. „Wie geht es Hoku denn jetzt?“

Nalu seufzte. „Er hat drei Nächte nicht geschlafen und kaum etwas gegessen. Der Ärmste hat solche Angst, dass sein Bett keiner Raupe gefallen könnte oder – schlimmer noch – dass seine Lieblingsraupe sich für ein anderes Bett entscheidet und er keinen Schmetterling bekommt. Waren wir auch so aufgeregt damals?“

Tua schüttelte den Kopf. Als er Alanis Schmunzeln sah, besann er sich und nickte.

„Hast du sein Bett mal gesehen? Ist es wirklich so schlimm, wie er glaubt?“, fragte Alani.

Nalu sah erstaunt zu ihr und schüttelte den Kopf. „Keine Chance. Ihr wisst doch, dass die Raupenbetten bis zur Enthüllung zugedeckt im Werkraum des Raupenkindergartens bleiben.“

„Ja, schon, aber meine kleine Schwester Nea hat von ihrem Modell ein Bild gemalt und aus Versehen auf dem Tisch liegen lassen. Das hat sie allerdings schnell bereut. Die halbe Familie hat ihr daraufhin Tipps gegeben, was sie anders machen könnte.“ Alani kicherte bei der Erinnerung. „Mach dir keine Sorgen. Das findet sich schon. Oder wie Morchella sagen würde: *Jedes Bettchen …*“

„*… findet seine Raupe!*“, stimmten Tua und Nalu lachend in den Satz mit ein, den jedes Kind im Tausendflügeltal kannte.

„Ich hoffe es!“, schob Nalu leise hinterher.

„Meinst du, dass wir von der Regentonne aus wirklich etwas sehen können?“, fragte Tua.

„Vertraut mir!“, flüsterte Alani. „Runter jetzt! Duckt euch!“

„Die Hauptsache ist außerdem, dass Hoku *uns* sieht!“, sagte Nalu.

„… und Nea nicht“, ergänzte Alani. „Die würde das richtig blöd von uns finden, glaube ich!“

„Da sind wir schon zwei“, murmelte Nalu. „Aber da muss ich jetzt wohl durch.“ Ganz vorsichtig, damit es nicht quietschte, öffnete sie das Türchen zum Außengelände des Raupenkindergartens.

Alle drei machten sich klein und robbten das letzte Stück durchs Gemüsebeet auf allen vieren.

Alani hatte in der vergangenen Nacht heimlich einen Weg ausgekundschaftet: Links vorbei an den Salatköpfen, mitten durch die Rapunzeln und dann hinter dem Rhabarber wieder rechts bis zu den Ringelblumen und der großen grünen Regentonne. Dahinter gab es einen kleinen Mauervorsprung, wo die Wasserrohre entlangliefen. Und genau dort war eine Öffnung, die groß genug war, damit man alles sehen konnte, ohne dass einem Schmetterlingsflügel die Sicht versperrten.

Am hellen Tag war es nur leider nicht so einfach, dabei nicht erwischt zu werden. Überall auf der Wiese wuselte, schwirrte, sirrte, schwebte und flog irgendjemand herum.

„Oh, hallo, Tua! Wie geht es dir?" Eine hummelartig beleibte alte Dame fegte den bereits blitzblanken gepflasterten Gartenweg. Tua war ihr direkt vor den Besen geraten.

Peinlich berührt stand er auf und klopfte seine Hose ab. Seine Wangen waren knallrot. „Äh, gut, danke! Kann ich was helfen?"

Alani schoss nach vorn und zog Tua geistesgegenwärtig weiter. „Entschuldigung!", rief sie über die Schulter zurück. „Wir haben leider schon woanders Hilfe versprochen und sind fürchterlich spät dran!"

Sie rannten um die nächste Ecke und verschnauften. „Okay, kommt. Wir versuchen es von der anderen Seite."

Alani riskierte einen Blick. Vor dem Haupteingang des Kindergartens drängten sich immer mehr Eltern, Verwandte und ältere Geschwister.

„Das funktioniert auch nicht", klagte Nalu.

„Doch, das wird es, nicht gleich aufgeben! Wir schaffen das schon", wisperte Alani und zog die anderen beiden hinter sich her, jetzt mitten durch das dichteste Gedränge.

So leise wie möglich – um niemanden drinnen nervös zu machen – bereiteten die Erwachsenen vor dem Haupteingang des Raupenkindergartens ein prächtiges Buffet für die anschließende Feier vor.

Alani lief das Wasser im Mund zusammen. Sie entdeckte sieben verschiedenen Puddings, mindestens zwölf Kuchensorten, unzählige Kekse und süße Getränke. Großonkel Kasimir füllte Kannen und Gläser mit Wasser und Saft, und Nalus große Schwester lief hinterher und wischte die dabei entstandenen Pfützen unauffällig wieder weg.

Zwischendurch blieb jemand stehen und lauschte verstohlen. Aber aus dem Kindergarten war kein Laut zu hören, der auch nur das kleinste bisschen verraten hätte. Nur das beständige Fächeln der Schmetterlingsflügel drang zu ihnen heraus.

„Verhaltet euch einfach ganz normal“, mahnte Alani und schlenderte vorneweg.

Neben dem Buffet stand ein Tisch mit Geschenken. Er bog sich schon jetzt unter der Last all der schönen Dinge.

Beiläufig rückte Alani eine der kleinen Verpackungen zurecht und ging weiter. Tua wollte es ihr nachmachen und streckte die Hand aus.

„OweioweioWEIIII, AAAACHTUUNG!“, rief Tuas

Großmutter in diesem Moment. Alani hechtete vor. Tua wich zurück.

„Ich schwöre, ich hab nichts angefasst“, rief er.

Da stürzte bereits alles ein. Große und kleine Schachteln polterten durcheinander, kullerten auf den Boden und landeten direkt vor den Füßen der drei Kinder – und von Großonkel Kasimir.

Alani konnte nur noch verhindern, dass Nalus Großonkel mitten hineintrat, indem sie sich selbst in den Weg warf und die Geschenke beiseiteschubste.

„Oh, hallo, mein Schneckchen. Bist du schon aufgeregt? Du wirst auch bald eingeschult, oder?“ Er beugte sich zu ihr herunter und lächelte Alani an.

Alani stand keuchend auf, die Arme voller Geschenke, und runzelte die Stirn. „Nein, eigentlich bin ich schon lange …“

„Oh ja!“ Nalu unterbrach sie hastig, nahm ihr ein paar Päckchen ab und rollte beschwörend mit den Augen. „Wir sind ganz aufgeregt deswegen.“

Großonkel Kasimir war schon sehr alt und brachte manchmal Zeiten, Orte und Leute durcheinander. Aber wenn man anfing, mit ihm darüber zu streiten, verwirrte ihn das nur noch mehr, und er wurde traurig.

„Wir machen das schon“, sagte Nalu und winkte

ihrer großen Schwester, damit sie Großonkel Kasimir aus der Gefahrenzone brachte.

Aufatmend schichteten die drei alles wieder auf.

„Das sollte halten", sagte Alani schließlich und betrachtete stolz den neuen Geschenketurm.

„Danke für eure Hilfe!", sagte Tuas Großmutter und drückte ihnen ein paar Kirschen in die Hand. „Was für ein Glück, dass ihr … aber sagt mal, was macht ihr denn überhaupt schon hier?"

Kapitel 5

„Wir machen hier gar nichts“, sagte Alani schnell.

„Wir helfen“, behauptete Nalu gleichzeitig.

Tuas Großmutter zog erstaunt die Augenbrauen in die Höhe und stützte ihre Hände in die Hüfte.

„Wir machen jedenfalls nichts Besonderes“, behauptete Tua und griff nach einem Krug mit Honigtau. „Wir bringen nur den Chor-Schmetterlingen was zu trinken.“

„Zum Stimmenölen“, bestätigte Alani und machte die ersten Schritte rückwärts.

„Äh ... Bis später!“, versprach Tua hastig, drehte sich um und lief mit dem schwappenden Krug los.

„Mhm.“ Nalu wurde rot und brachte kein Wort heraus.

Alani zog Nalu mit sich und rannte Tua hinterher. Nach ein paar Metern hatten die Mädchen ihn eingeholt. Tua blieb keuchend stehen, und Alani nahm ihm den schweren Krug aus der Hand.

„Und jetzt?“, fragte er.

„Hier entlang!“, flüsterte Alani und nickte mit dem Kinn in Richtung eines Handwagens voller Geschirr. „Nehmt ein paar Schalen mit und dann volle Kraft voraus.“

Auf der Blütenwiese hinter dem Kindergarten zirpten ein paar Falter gerade Tonleitern.

Die Schmetterlinge im Tausendflügeltal zählten ganz sicher zu den musikalischsten auf der ganzen Welt. Vierstimmige Chorstücke waren gar kein Problem für sie.

Die Schmetterlinge sangen glockenrein und klar und wunderschön – es sei denn, jemand lenkte sie ab und köderte sie mit Honigtau.

Marie Posa, die Chorleiterin, stand mit dem Rücken zu den Kindern auf einem kleinen Podest. Sie bemerkte das Durcheinander hinter sich erst, als sie sich umdrehte. Und das tat sie, weil die Falter im Sopran plötzlich aufgehört hatten zu singen.

„Halt, das geht so nicht! Bleibt hier!“, rief sie verwundert.

Aber da breiteten bereits die letzten Mitglieder ihres Chores die Flügel aus und flogen den anderen hinterher. Weil Alt, Tenor und Bass gerade nicht dran waren, hatten die Falter mit den tieferen Stimmen die Kinder und den Honigtaukrug zuerst entdeckt.

„Ich habe nichts von einer Pause gesagt!“, schimpfte Marie Posa halblaut. „Wir sind noch lange nicht fertig mit Einsingen! Genascht wird später! Was sollen denn die Raupen denken!“ Sie schnupperte. „Und wo kommt überhaupt der ganze Honigtau so plötzlich her?“

„Upps“, machte Tua schuldbewusst. Er zog den Kopf ein und stellte den halb leeren Krug hinter sich ab.

Aber die Chorleiterin beachtete weder ihn noch seine beiden Freundinnen. Sie konnte sie nämlich gar nicht sehen. Die riesigen Flügel der Falter boten die perfekte Deckung.

„Glück gehabt!“, wisperte Alani und machte einen Schritt rückwärts. Dann noch einen. „Das ist der perfekte Moment! Los!“

Kapitel 6

Das letzte Stück bis zur Rückwand des Kindergartens schafften Alani, Tua und Nalu ohne weitere Unterbrechungen.

Sicherheitshalber machten sie sich ganz klein und krochen auf Händen und Knien durch die Blumenwiese. Von da pirschten sie zurück zum Gemüsebeet und bis zu dem Loch in der Wand, gleich bei den Wasserrohren, das Alani vor ein paar Tagen hinter der großen Regentonne entdeckt hatte.

Die Sonne stand schon tief am Himmel und tauchte alles in goldenes Spätnachmittagslicht. Der Chor war wieder vollkommen mit sich und seiner Generalprobe beschäftigt. Gras und Sommerblumen wiegten sich in einer leichten Brise. In den Gesangspausen des Chores trug der warme Wind gedämpftes Geschirrklappern und mühsam gesenkte Stimmen von der Vorderseite des Gebäudes zu ihnen herüber. Es duftete nach Lavendel und Jasmin und ein bisschen nach Raupenpipi.

Die lärmempfindlichen Krummschnäbel hockten

noch immer sehr weit weg in ihren Bäumen und beäugten das Spektakel aus sicherer Ferne. Die weise Morchella schlief im Schatten am Rand der Lichtung. Sonst fiel ihnen niemand auf.

Nicht das große, dunkle Fledertier, das kopfüber von einem der gigantischen Urwaldbäume am Rand der Siedlung hing und schnarchte.

Und erst recht nicht die gebückte Gestalt, die im Schutz des Stechginsters wachsam beobachtete, was passierte.

Über dem gesamten Gelände schwebte wie ein Klangteppich das Raupentagslied, das jeder Mensch und jeder Schmetterling im Tausendflügeltal auswendig konnte. Alani summte es mit, und ihre Freunde stimmten leise ein.

Heute steht ein Bett hier
ganz allein für dich.
Jede kleine Raupe
sucht und findet sich.
So war es schon immer,
hier bei uns im Tal:
Alle Schmetterlinge
treffen ihre Wahl!

Alle waren nervös.

Alle warteten auf das erlösende Signal aus dem Raupenkindergarten und lenkten sich mit irgendetwas ab.

Alle, bis auf Nalu, Tua und Alani.

Ganz vorsichtig löste Alani den Zulauf der Wasserleitung aus der Regentonne und zog das Rohr aus der Wand, das zum Waschbecken führte. Tua und Nalu legten es leise hinter sich ins Gras. Das Loch war jetzt so groß, dass sie alle drei hindurchschauen konnten.

„Du bist genial!“, lobte Tua.

„Und ein bisschen verrückt.“ Nalu kicherte.

„Ruhe jetzt! Es geht los.“

Das große Zimmer des Raupenkindergartens war auf Hochglanz poliert. Alle Spielzeuge der Kinder waren weggeräumt, der Boden war ordentlich gefegt. In der Mitte des Raumes stand ein großes Blätterbad, frisch aufgeschüttet mit den essbaren Lieblingsblüten und Lieblingsblättern der Raupen.

Dort drinnen raschelte, knisterte und kaute es. Die Vorschulkinder standen am Rand. Jedes trug ein sorgsam mit einem Seidentuch verhülltes Bettchen.

„Du machst den Anfang, Taja.“

Ein Raunen ging durch die Reihe, als Frau Seidenlieb das erste Tuch entfernte. Ein rundes Bett mit violetten Blüten und kleinen weißen Glöckchen kam darunter zum Vorschein. Sie bimmelten leise, als ein Mädchen mit roten Locken auf zittrigen Beinen damit in den inneren Kreis ging und es vor dem Blätterbad abstellte.

Ein paar Raupen reckten kurz die Köpfe, wandten sich aber dann wieder den leckeren Blüten zu. Nur eine Larve war ganz offensichtlich fasziniert von den Glöckchen und beobachtete schmatzend und mit schief gelegtem Kopf das runde Bett.

Taja setzte sich auf die noch leere Bank hinter dem Bett, legte nervös die Hände in den Schoß und zupfte an ihrem Rock herum.

Es folgte ein kleiner Junge mit einer Art Kuschelhöhle aus hellem Lehm, in den glitzernde Steinchen eingelassen waren.

Das nächste Kind hatte ein Gestell aus grob zusammengehauenen, kunterbunten Brettern dabei, die ziemlich wackelig aussahen.

„Es wird sicher eine Raupe geben, die genau das richtig cool findet“, sagte Alani zuversichtlich. „Immerhin ist es bunt.“

„Und bestimmt mit ganz viel Liebe und Mühe gemacht“, ergänzte Nalu.

„Ich stehe ja auch nicht so auf rechte Winkel und Glitzer“, flüsterte Tua.

Nalu knuffte ihn in die Seite.

„Aua!“, beschwerte er sich gefährlich laut.

Nalu hielt ihm eilig den Mund zu.

„Ruhe“, wisperte Alani noch einmal mahnend. „Sonst nehme ich euch *nie wieder* zu so was mit.“

„Haha“, machte Nalu sehr leise.

Dann war auch sie still. Denn nun war ihr jüngerer Bruder Hoku an der Reihe. Alanis kleine Schwester Nea folgte ihm dicht auf den Fersen. Auch sie stellten ihre Raupenbetten auf eine vorbereitete Kreislinie in die Mitte. Damit waren die Bettchen komplett.

Die Kindergartenkinder rutschten aufgeregt wispernd auf den Bänken herum. Die Gespräche verstummten. Gleich würden die Raupen sich auf den Weg machen und ihre Wahl treffen.

In diesem Moment blickte Hoku in ihre Richtung und entdeckte Nalu. Er strahlte und hob die Hand, als ob er winken wollte. Nalu schüttelte panisch den Kopf und legte ihren Zeigefinger an den Mund.

Hoku nickte und ließ die Hand wieder sinken.

„Heiliger Pollenflug! Nie wieder!“, stöhnte Alani leise.

Kapitel 7

Im Raupenkindergarten drückte Frau Seidenlieb vorsichtig die Wand des Blätterbades herunter.

Lächelnd richtete sie sich auf und nickte den wartenden Vorschulkindern zu.

Hoku knibbelte mittlerweile an seinem Oberteil herum. Nea kaute auf den Haarspitzen ihrer Zöpfe. Das Mädchen neben ihr traute sich nicht einmal zu blinzeln, um nur ja nichts zu verpassen.

Draußen trat Alani unruhig von einem Bein auf das andere.

Nun war kein Laut mehr zu hören, außer dem leise schabenden Geräusch, das Raupen machen, wenn sie aus einem raschelnden Blättermeer über den frisch gefegten Boden eines Raupenkindergartens auf ihre Betten zukriechen.

TIPPTIPPELTIPP

KRTSCH

KRTSCH

KRTSCH

TIPPTIPPELTIPP

Eine orangefarbene Larve mit silbrigen Streifen hatte es richtig eilig. Zielstrebig steuerte sie ein Bettchen an, das aus rund geschliffenen Hölzern vom Strand gebaut war. Sie zog sich an der Seite hoch und rollte sich mit einem tiefen Seufzen darin zusammen.

Die nächste Raupe, die aussah wie eine Kuchenrolle mit Erdbeerglasur, plumpste mit ausgestreckten Beinchen in die weiche Matratze einer schäfchenwolkenweißen Wiege.

Über den Köpfen der Kindergartenkinder hangelte eine mittelgroße, metallisch schillernde Raupe mit blauer Mähne über Bettpfosten, Hölzer, Vorhänge und Bambusstäbe. Sie steuerte offensichtlich von oben ein Himmelbettchen mit einer Hängematte an.

Aber die Streben gaben nach und drifteten immer weiter auseinander.

„Oh nein, Blaubär, pass auf!“, rief eins der Kinder. Die Raupe stürzte beinahe ab!

Frau Seidenlieb streckte die Arme aus, um das Schlimmste zu verhindern. Doch die Larve rettete sich selbst: Sie schoss einen tiefblauen Faden aus ihren Ohrdrüsen und verklebte ihn mit einem der Bettpfosten. Daran schwang sie sich weiter und webte das wackelige Gestell geschickt mit ihren Fäden ein, bis es stabiler als vorher war.

Dann streckte sie sich auf dem geblümten Kissen der Hängematte aus, angelte nach einem Honigtaukeks, schloss mit einem Seufzer die Augen und kaute zufrieden.

Erleichtert seufzten alle mit. Ein paar Kinder fingen an zu klatschen. Die Wächterschmetterlinge tröteten verwirrt und so kräftig, dass es offenbar draußen jemand hörte.

Vor dem Kindergarten brach Hektik aus. „Achtung, es geht los!“

Alani, Tua und Nalu hörten durcheinanderlaufende Schritte und Stimmengewirr.

„Drei, vier“, zählte Marie Posa laut.

Schon setzte der Chor ein, und ein paar Menschen aus dem Dorf sangen ein bisschen schief und unsicher mit: „Wie schön, dass du ein Bettchen hast …“

„Du liebe Zeit. Nein!“, rief Frau Seidenlieb, rannte zur Tür und steckte abwinkend den Kopf durch den Spalt. „Stopp, aufhören! Ihr seid zu früh! Wir sind noch nicht so weit! Falscher Alarm!“

„Falscher Alarm!“, wiederholte draußen jemand.

„Falscher Alarm!“, ertönte eine weitere Stimme.

Der Chor brach ab. Aufs Neue liefen alle durcheinander.

„Setzt euch wieder. Sie sind noch nicht so weit!“, rief jemand in der Menge.

Frau Seidenlieb schloss die Tür und verschnaufte einen Moment.

Dann lächelte sie die Kinder und die Raupen an. „Alles gut. Wir machen einfach weiter, in Ordnung?“ Sie ging die Reihe der Raupenbetten ab. „Oh, es sind noch nicht alle besetzt, oder?“ Verwundert sah sie sich um. „Wer fehlt?“

Alani, Tua und Nalu duckten sich wieder.

Ein Junge schluchzte auf, und alle Augen flogen zu ihm und der letzten noch verbliebenen Raupe.

„Das haben wir gleich“, versprach Frau Seidenlieb.

„Huch, du lieber Hummelpo! Hoku! Es geht um die Raupe meines kleinen Bruders“, wisperte Nalu und krallte sich vor Aufregung ein wenig in Alanis Arm.

Kapitel 8

Gespannt beobachteten die drei Freunde, wie eine dünne gelbe Raupe mit türkisblauem Zickzackmuster sich als letzte aus dem Blätterbad wagte.

Mit ihren Kauwerkzeugen befühlte, beschnupperte und beäugte sie jedes Bettchen. Aber keins schien ihr zu gefallen. Schließlich kletterte die Larve ausgerechnet in eins der Betten, in dem bereits eine Raupe saß und die mit Blütenblättern verzierte Decke fraß. Verblüfft starrte sie auf den Eindringling. Hoku und die anderen Kinder hielten den Atem an.

Das Mädchen neben Hoku schniefte leise. „Blaubär und Sternchen sollen nicht streiten!“

„Das gibt Ärger“, raunte Tua draußen.

„Ach du dicker Käferklump“, sagte Nalu und krallte sich noch mehr in Alanis Arm.

Das Gestell quietschte ein bisschen.

Aber da war noch ein anderes Geräusch.

Lauter.

Und irgendwie gefährlicher.

Ein Knacken und Knarzen, das von oben kam.

Es knallte.

RUMMS!

PLATSCH!

Dann quäkte etwas, das sich wie leises Babygeschrei anhörte. Und Alanis linke große Zehe juckte wie verrückt.

Alle Larven rollten sich sofort zusammen, als der Krach über ihren Köpfen losbrach. Die Schmetterlinge breiteten über Raupen und Kindern die Flügel aus. Gemeinsam bildeten sie einen riesigen Schutzschirm.

Um sie herum und zwischen ihnen hindurch riefen und liefen alle Kindergartenkinder durcheinander. Die Jüngeren klammerten sich an die Beine der Schmetterlinge – oder an die von Frau Seidenlieb. Nea und ein anderes Kind hatten Raupen im Arm. Ein Junge versteckte sich mit der dicken Ringelkuchenraupe unter einer der Bänke. Die Kinder schnatterten wild durcheinander.

„Was war das?“

„Was ist passiert?“

„Wo kam das her?“

„Das Haus stürzt ein!“

„Nein, tut es nicht“, beruhigte Frau Seidenlieb und zog den Jungen und die Kuchenrollen-Raupe unter der Bank hervor. „Ruhe bewahren“, mahnte sie kopfschüttelnd. „Das ist ja mal ein ganz spezieller Raupentag heute! Setzt euch wieder hin“, bat sie die Kinder. „Die Raupen dürfen wieder zurück an ihre Plätze, und wir alle atmen einmal tief durch. Falscher Alarm. Seht ihr? Es war nur Börp.“ Sie zeigte auf das Buschbaby, das mit vollem Mund im Blätterbad saß.

„Immer stellt Börp irgendeinen Blödsinn an“, beschwerte sich ein Kind.

„Buschbabys halt“, meinte ein anderes.

Schüchternes Kichern breitete sich aus.

Lächelnd ging Frau Seidenlieb hinüber, hob das wild kauende Tier mit den Riesenaugen und noch größeren Ohren auf und setzte es vor die Tür.

„Draußen bleiben. Hier ist heute geschlossene Gesellschaft. Und du gehörst außerdem seit Stunden ins Bett. Du bist ein nachtaktives Tier und sicher völlig übertägigt! Kein Wunder, dass du nur Blödsinn im Sinn hast. Leg dich schlafen und träum schön! Heute Abend erzählen wir dir alles.“

Frau Seidenlieb hakte die Tür ein, atmete noch mal tief durch und wandte sich an die Kinder.

„Sehr gut.“ Sie winkte den Schmetterlingen zu, da-

mit diese die Raupen vorsichtig zurück in ihre Betten setzten. „Einmal durchzählen bitte. Sind alle da? Wunderbar, machen wir weiter. Und diesmal hoffentlich ohne weitere Zwischenfälle."

„Was war das denn?", fragte Tua draußen.

„Das war Börp", erwiderte Nalu. „Hast du doch gesehen."

„Nein, das andere." Tua furchte die Stirn.

„Ein Dachziegel hat sich gelöst und ist in die Regentonne geklatscht." Alani fischte den tropfnassen Tonziegel heraus und zeigte ihn den anderen.

„Immerhin ist er heil geblieben", sagte Nalu.

„Ja, aber wieso ist er runtergefallen? Es ist ja nicht mal besonders windig. Irgendwas stimmt hier nicht", meinte Tua und legte den Kopf in den Nacken. Der Himmel war strahlend blau. Kein Wölkchen in der Luft, kein Vogel und auch sonst nichts Ungewöhnliches.

Nalu folgte seinem Blick mit den Augen. „Da ist nichts. Ihr seid nur nervös, weil wir nicht hier sein dürfen." Sie quetschte sich an Alani vorbei und bückte sich, um besser durch das Loch sehen zu können, was drinnen geschah.

Die dünne gelbe Raupe kroch schon wieder hinüber zu dem Bettchen mit den rosafarbenen Blütenblättern. Die dunkelgrüne Raupe mit der blauen Mähne starrte sie an und hörte überrascht auf zu kauen.

Alani bekam davon nichts mit. Sie rieb ihre juckende Zehe, spähte um die Mauerecke, kniff die Augen zusammen, sah lange in den Wald und wieder zum Dach hinauf. Schließlich zuckte sie mit den Achseln. „Einer von euch beiden hat recht. Nur wer – keine Ahnung. Am liebsten würde ich mit Windblüte mal da oben nachsehen. Aber das geht ja grade schlecht.“ Sie kicherte leise.

„Da war so ein komischer Schatten“, beharrte Tua noch einmal. „Vielleicht hatte der etwas damit zu tun?“

„Aber Schatten werfen nicht mit Ziegeln um sich, oder?“

Fragend sahen Alani und Tua sich an.

„Können wir das später klären? Sonst verpassen wir noch, was mit Sternchen passiert“, bat Nalu.

„Wer ist denn Sternchen?“, fragte Alani und beugte sich vor, um an ihrer Schulter vorbei nach innen zu spähen.

Das war der Moment, in dem sich eine Hand fest auf die Schulter von Alani und Nalu legte und zudrückte.

Kapitel 9

„Was macht ihr denn hier? Erwischt!“, erklang eine sehr tiefe Stimme. „Bei den Windundwetterbergen! Ihr kennt doch die Regeln! Nichts und niemand darf die Raupen ablenken.“

Tua, Nalu und Alani fuhren herum. Hinter ihnen stand Alanis Vater, der Bürgermeister Papi Jong.

Nalu blickte erschrocken zu Tua. Der hatte den Kopf zwischen die Schultern gezogen und hob entschuldigend die Hände.

„Tut mir leid, ich hab ihn nicht kommen hören", formte er lautlos mit den Lippen.

„Papi!", rief Alani erstickt. „Was machst *du* denn hier?"

„Dasselbe wie ihr, schätze ich", antwortete er verschmitzt und lugte durch den Spalt in der Wand. „Was war das für ein Lärm? Habt ihr den auch gehört? Ich gehe davon aus, dass ihr nichts damit zu tun habt, oder? Bestimmt seid ihr auch nur hier, um der Sache auf den Grund zu gehen?"

„Da war ein Schatten", wiederholte Tua nervös.

„Ein Dachziegel ist runtergefallen", ergänzte Nalu.

„Und wir …", setzte Alani an.

„Nicht flunkern", mahnte ihr Vater, ohne sie anzusehen. Er guckte immer noch durch das Loch in der Wand. Oder tat er nur so?

„Nein. Wir waren schon vorher da", gestand sie. Heimlich die Raupen beobachten, das war eine Sache. Aber schwindeln – das ging gar nicht. „Wir waren ganz leise und haben wirklich niemanden gestört."

„Soso." Papi Jong drehte sich wieder zu den Kindern und räusperte sich. Sein Blick fiel auf das Rohr im Gras. Nachdenklich hob er das Stück Wasserleitung auf und drehte es in seinen Händen.

„Ihr wisst schon, dass es mindestens eine Woche Flugverbot bedeuten würde, wenn euch die Schmetterlinge ... oder jemand anders ... hier erwischen würden, oder?“

Alani guckte zerknirscht auf ihre rechte große Zehe. „Tut mir leid.“

Papi Jong bemühte sich um einen möglichst strengen Tonfall. „Haben euch die Schmetterlinge bemerkt?“

Alle drei schüttelten die Köpfe.

„Na, wie gut, dass ich gekommen bin. Nur wegen des Lärms natürlich. Wie weit sind sie denn?“, fragte Papi Jong jetzt flüsternd und legte Alani die Hand auf die Schulter. „Wissen wir schon, wem die Betten gehören?“

Erstaunt schüttelten alle drei die Köpfe. Tua und Nalu wagten nicht, überhaupt etwas zu sagen.

„Nein, aber es müsste jeden Moment so weit sein“, antwortete Alani und schielte an ihrem Vater vorbei.

Nachdem er aufgefressen hatte, war Blaubär offenbar bereit zu wechseln. Die grüne Raupe mit der blauen Mähne kroch gerade über die Blütenmatratze in Richtung des letzten noch freien Bettes. Sternchen fegte zufrieden ein paar Blütenkrümel vom Kissen.

Somit hatten alle Larven die richtigen Plätze gefunden. Jetzt blieb nur noch die Frage, welches Kind zu welchem Bett gehörte.

Auf ein Signal von Frau Seidenlieb standen alle auf. Die Raupen blickten den Kindern aufgeregt entgegen. Aber gerade, als es so richtig spannend wurde, richtete Papi Jong sich auf, steckte das Rohr zurück und schob die Wasserleitung an ihren Platz.

Er seufzte. „Tja, das werden wir wohl leider versäumen."

„Was? Aber …!"

Alanis Vater breitete die Arme aus und schob die drei vor sich her, zurück zum Haupteingang. „Jetzt wollen wir mal dafür sorgen, dass niemand von uns die ganze nächste Woche zu Fuß gehen muss. Kommt mit, sonst verpassen wir das Beste."

Auf der anderen Seite des Kindergartens, vor dem Eingang, schwoll bereits jubelnder Lärm an.

Sie wollten loslaufen, aber Papi Jong hielt sie zurück. „Einen Moment noch. Ich habe das doch richtig verstanden, dass ihr euch freiwillig fürs Aufräumen im Kindergarten melden wolltet, oder?"

Alani zuckte kurz. Dann nickte sie zögernd. „Ist gut."

„Äh“, machte Tua und sah zu Alani. „Etwa jetzt gleich?“

„Aber Hoku …“ Nalu war den Tränen nah. Unruhig trat sie von einem Bein aufs andere.

Alani schluckte trocken. „Es war meine Idee, Papi. Ich mache das. Ich helfe Frau Seidenlieb. Nimm du die anderen mit zum Festplatz.“

„Nein. *Wir* machen das. Gemeinsam“, sagte Tua. Seine Stimme zitterte ein bisschen. Aber er schob das Kinn vor und griff nach Alanis Hand.

Nalu wischte sich verstohlen eine Träne weg und stimmte zu. „Wir drei zusammen. Natürlich!“

Papi Jong lächelte sanft. „Gute Entscheidung … Aber zuerst wollen wir feiern. Aufräumen lohnt sich hinterher noch mehr. Und ich weiß ja nicht, wie es euch geht – aber ich platze vor Neugier, welche Raupe nun zu welchem Kind gehört und welches Bettchen unsere Nea gebastelt hat. Ich habe ihr so viele Tipps gegeben und mein ganzes Werkzeug ausgeliehen. Bestimmt ist es das stabilste und kreativste Raupenbett von allen.“

„Äh“, machte Alani. Allerdings sagte sie das so leise, dass es niemand hörte außer der weisen Morchella, die sich ganz zufällig direkt hinter dem Rhabarber sonnte. Und die schwieg diesmal – was einmal mehr bewies, dass sie in der Tat sehr weise war – oder sehr verschlafen.

Kapitel 10

„Dürfen wir mal durch?“

„Entschuldigung, ich bin der Bürgermeister, ich muss nach vorn und eine Rede halten.“

„Ich bin zu klein, ich kann nichts sehen.“

„Meine Schwester ist da oben auf der Bühne.“

„Mein kleiner Bruder auch. Darf ich bitte vorbei?“

„Ich trage eine Matschmelone für die Paten-Schmetterlinge!“

„Lasst doch mal die Kinder nach vorn.“

„Danke schön, das ist sehr nett!“

Das ganze Tausendflügeltal drängte sich um die kleine Bühne unter dem großen, aus Flachs gewebten Sonnensegel. Es war ganz schön schwierig, jetzt noch einen Platz zu finden, von dem aus man gut sehen konnte. Alle wollten erfahren, wie die Raupen sich entschieden hatten – und vor allem: Wer von den Kindern hatte in wochenlanger, streng geheimer Arbeit welches Bettchen gebaut?

Papi Jong, Alani, Nalu und Tua kamen gerade

noch rechtzeitig zur feierlichen Vorstellung der einzelnen Puppenbetten. Frau Seidenlieb fand für jedes der kleinen Meisterwerke lobende Worte.

Der Chor sang glockenhell und frei von Patzern: „Wie schön, dass du ein Bettchen hast."

Sogar die weise Morchella summte mit – schlief mittendrin ein, verpuffte sich, tauchte an einer anderen Stelle auf und summte gut gelaunt weiter.

Die Kinder fassten sich an den Händen und tanzten zur Melodie um die Bettenparade herum.

Dann kam der große Moment. Als das Lied endete, lösten sie sich voneinander und liefen los. Vor dem von ihnen gebastelten Bett blieben sie mit roten Wangen stehen, begrüßten ihre Raupe und schlossen sie in die Arme – überall glückliche Gesichter, bei Raupen, Menschen und Schmetterlingen, wohin man auch blickte.

Nur Papi Jong guckte verdutzt, als er Neas – etwas ungewöhnliches – Bauwerk sah. Es schien ein bisschen anders, als er es von seiner jüngeren Tochter erwartet hatte. Alani stieß ihren Vater in die Rippen. „Jedes Bettchen findet seine Raupe!"

„Hast völlig recht, mein Honigtau!" Lachend winkte er Nea zu und klatschte.

Nea strahlte mit der Sonne um die Wette und drückte glücklich ihre Raupe an sich.

Zur großen Erleichterung von Frau Seidenlieb verlief der Rest der Veranstaltung tatsächlich ohne weitere Zwischenfälle.

Stolze Eltern, aufgekratzte Schmetterlinge, noch aufgedrehtere Raupen und aufgeregte Kindergartenkinder lachten, schnatterten und plapperten durcheinander. Papi Jong hob Nea auf seine Schultern und tanzte ausgelassen mit ihr durch die Reihen.

Dann gab es Kuchen, Obst, Süßigkeiten und Honigtaulimonade für alle. Und Geschenke für die Kinder, für die Schmetterlinge, die Raupen und die Erwachsenen – also eigentlich auch für alle.

Nur eine hatte schlechte Laune. Auf der anderen Seite der Lichtung, abseits von der fröhlich feiernden Menge, schlich eine Gestalt mit Sonnenbrille, Sandalen, Sommerhut und einem großen leeren Sack durchs Gebüsch. Sie spähte nach oben. Als sie gefunden hatte, was sie suchte, trat sie mit dem Fuß gegen den Baum. Das Tier in der Krone tat, als würde es tief und fest schlafen, und drehte sich um. Wie zufällig stieß es dabei mit der Flügelspitze gegen den morschen Ast, der neben ihm baumelte.

KNACK

Der Ast stürzte auf den Waldboden und barst krachend auseinander. Die Gestalt sprang zur Seite. Um ein Haar hätte sie dabei den großen Geschenkekorb mit Matschfrüchten umgestoßen, der vor dem Eingang zu Börps Schlafhöhle stand.

„Überall nichtsnutzige Nullen", schimpfte sie, trat gegen den Baumstamm und floh humpelnd tiefer in den Wald.

In der Schlafhöhle öffnete Börp verschlafen seine großen runden Augen.

Im Baum daneben zog das fledermausartige Tier zufrieden die dunklen Flügel um sich und kuschelte sich wieder ein.

Drüben am Buffet ließ Braunauge ein scharfes Trillern erklingen.

„Was hast du?“, fragte Tua seinen Freund.

Windblüte und Gelbwürfel hatten die Geräusche auch gehört. Sofort ließen sie ihre Blütenpollen fallen und lauschten.

„Wollt ihr nachsehen? Soll ich mitkommen?“, fragte Tua zögernd und legte seinen Kuchen zurück auf den Teller.

Braunauge pumpte seine Muskeln auf und zirpte verneinend. Mit kraftvollen Flügelschlägen stieß er sich vom Boden ab und glitt hinüber zum Waldrand. Windblüte folgte ihm.

„Was ist denn los?“, fragte nun auch Alani mit vollem Mund. Neugierig folgte sie den Schmetterlingen, aber auf halber Strecke blieb sie stehen.

„Ach, das ist doch nur wieder Börp!“

Vor ihren Augen streckte sich das Buschbaby,

gähnte und kroch aus dem Baumstamm. Verzückt schnuppernd hielt es die Nase in den Wind. Dann machte es sich schmatzend über das überreife Obst aus dem umgekippten Geschenkekorb her.

Kapitel 11

Viel zu schnell dämmerte es. Papi Jong, Frau Seidenlieb und Nalus Oma Fadenreich setzten eifrig leuchtende Glühwürmchen in die Lampions über den Tischen und in den Bäumen.

Am Rande der Lichtung schwirrten weitere Leuchtkäfer herum und tauchten den Wald in buntes Lichterfunkeln.

Nea und Seidenglanz spielten ein Abhebe-Fadenspiel. Zwischendurch sank der Kopf von Alanis Schwester auf die Tischplatte. Ihre Raupe pustete sie sanft an, damit sie wach blieb. Aber im nächsten Moment kämpfte Seidenglanz selbst damit, die Augen offen zu halten und den Faden nicht zu verlieren.

Alani setzte sich zu den beiden und streichelte Nea über den Rücken.

„Na, Schwesterlein? Soll ich Seidenglanz und dich nach Hause fliegen?“

Die kleine Raupe blickte auf und gähnte herzhaft, als sie ihren Namen hörte.

Nea musste mitgähnen. „Ich bin so froh, dass es ihr bei mir gefällt."

„Jedes Bettchen findet seine Raupe, du Honigpups." Alani lächelte. „Aber guck dich mal um. Die Larven sind alle schon ziemlich müde, und sie haben noch ein bisschen Arbeit vor sich. Nalu und Hoku haben Sternchen bereits nach Hause gebracht. Höchste Zeit für euch, Zähne zu putzen und euch bettfertig zu machen. Hier draußen kann Seidenglanz sich nicht fertig einspinnen. Und sie soll ja bestimmt dein Zimmer wiedererkennen, wenn sie mit der Verwandlung fertig ist und als Schmetterling schlüpft, oder?"

„Oh ja, natürlich!", murmelte Nea schläfrig. „Spielen wir ein andermal weiter?", fragte sie Seidenglanz.

„Ich muss dich jetzt ins Bett bringen, damit du dich verpuppen kannst."

Die kleine Raupe wickelte ihren Faden auf, biss ein Stück davon ab und reichte Nea das winzige Knäuel. „Rosablassblau mit Weiß … Es ist wunderschön!"

Seidenglanz zirpte stolz.

Der Chor stimmte sein letztes traditionelles Raupentagslied an.

Für einen Moment verstummte das fröhliche Stimmengewirr und Geschirrklappern, und alle hörten zu oder sangen leise mit. Papi Jong schunkelte mit Mami Jong, und Großonkel Kasimir tanzte mit Oma Fadenreich.

Legt unbesorgt euch schlafen,
Wir halten für euch Wacht.
Eure neuen Freunde
Geben auf euch acht.

Spinnt heiter eure Fäden,
Verpuppt euch wunderschön,
Schließt ruhig dann eure Äuglein,
Träumt sanft vom Wiederseh'n.

Nea fröstelte. Alani hängte ihr liebevoll die Jacke um und pfiff Windblüte heran. Dann hob sie die beiden vor sich auf den Rücken des Schmetterlings und stieg auf.

Nea fasste das Raupenbettchen ganz fest, als sie losflogen.

„Ich stell mir den Wecker auf Mitternacht“, flüsterte sie Seidenglanz so laut ins Ohr, dass Alani trotz der Fluggeräusche jedes Wort hörte. „Dann können wir uns verabschieden, bevor du dich komplett eingesponnen hast. Aber psst! Jetzt ist allerhöchste Puppenbettzeit!“

Kapitel 12

„Sie ist weeeeeg!“ Ein schriller Schrei gellte durch das Tausendflügeltal.

Alani schreckte aus ihrem Bett hoch. „Was? Wer? Wo?“, nuschelte sie und sah sich schläfrig um.

Es war dunkle Nacht. Drinnen wie draußen wirkte jetzt wieder alles ruhig. Nur ein paar unermüdliche Heimchen zirpten im fahlen Schein der zunehmenden Mondsichel.

Alanis Augen gewöhnten sich rasch an das Zwielicht im Baumhaus ihrer Eltern. Auf ihrem Kissen lag die orange-blaue Krummschnabelfeder. An der Wand konnte sie die Umrisse ihrer Freundin erahnen. Windblüte hatte sich mit gefalteten Flügeln in ihre Zimmerecke geschmiegt und schlief tief und fest.

Manche Menschen behaupten, Schmetterlinge könnten gar nicht schlafen, sondern nur ruhen: weil zum Schlafen dazugehört, dass man die Augen schließt – und Schmetterlinge keine Augenlider haben.

Das stimmt zwar. Aber solche Menschen waren garantiert noch nie im Tausendflügeltal auf Alamea. Sonst hätten sie schon mal eine der bezaubernden bunt gemusterten Schlafmasken gesehen, die Alanis Großmutter Anemone aus Maisfasern und Flachs webte. Oder Windblütes Schnarchen gehört.

Windblüte trug Ohrstöpsel und eine farblich dazu passende Schlafmaske mit langen blauen Troddeln. Ihre Flügel bewegten sich gleichmäßig im Rhythmus ihres Atems. Nach all dem Trubel des heutigen Raupentages schlief Alanis Schmetterling tief und fest.

Alani gähnte. Hatte sie nur geträumt? Bestimmt! Fröstelnd zog sie sich die Decke über die Schultern, legte sich wieder hin und tastete nach der flaumweichen Feder. Ganz sicher hatte sie sich nur eingebildet, dass sie etwas gehört hatte. Im Halbschlaf schubberte sie ihren linken großen Zeh an ihrem Bein.

Alles war in bester Ordnung: Es war ein rauschendes Fest gewesen. Die Raupen hatten ihre Betten gewählt. Die Vorschulkinder hatten die Raupen mit nach Hause genommen. Morgen früh würden lauter kleine fest eingesponnene Puppen in den Bettchen liegen und nach dem Sommer …

Aber wieso juckte ihre Zehe jetzt immer heftiger?

„Seidenglaaaanz!“ Der Schrei ging in ein verzweifeltes Schluchzen über, das aus Neas Kinderzimmer kam. „Wo bist duuuu? Hiiiillfe!“

„WAS?“

Jetzt hielt Alani nichts mehr im Bett. Vielleicht hatte ihre jüngere Schwester einen Albtraum?

„Meine Larve ist weg!“, jammerte und brüllte Nea weiter.

Alani rannte zur Tür. Das schien aber ein schlimmer Traum zu sein!

Im kleinen Flur des Baumhauses gingen Lichter an.

Alani erreichte Neas Kinderzimmer zeitgleich mit ihren Eltern.

„Papi! Mami! Alani! Seidenglanz ist weg!“ Nea saß mit nass geweinten roten Augen schluchzend auf ihrem Bett.

Im Schein einer eilig entzündeten Öllampe sah Alani sich um. Abwesend klemmte sie sich die Krummschnabelfeder hinters Ohr.

Das Raupenbett war in der Tat leer. Und der Rest des Zimmers sah aus, als hätte jemand einen Zahnstocher in einem Heuhaufen gesucht:

Alles wirkte durchwühlt und durcheinander.

Neas Bettzeug lag auf dem Boden.

Schranktüren und Truhendeckel standen weit auf. Spielsachen, Kleider, Pinsel, Farben, Bastelkram – alles war verstreut.

„Windundwetterberggewitter! Was ist denn hier passiert?“, fragte Papi Jong erschrocken.

„Sie ist weg! Seidenglanz! Einfach weg! Ich habe schon überall nachgesehen!“, heulte Nea und sprang in die ausgebreiteten Arme ihrer Mutter.

„Manchmal suchen sie sich zum Verpuppen ein ruhiges Eckchen irgendwo außerhalb des Bettes“, sagte Mami Jong und hielt Nea ganz fest.

Sogar Windblüte war durch den Lärm aufgewacht und spähte verschlafen durch die Tür.

Alani bückte sich unter das Bett ihrer jüngeren Schwester. Sie hatte ein gutes Gespür dafür, wo sich Raupen gern versteckten, wenn sie müde waren.

Sie sah hinter die Vorhänge, auf den Schrank und unter die Truhe – nichts. Nirgends fand sie auch nur eine winzige Spur der pummeligen kleinen Raupe.

„Wie vom Erdboden verschluckt“, sagte sie betroffen und sah ihren Schmetterling an.

Windblüte zirpte fragend.

„Vielleicht hat ihr dein Bettchen …“, hob Papi Jong leise an und strich Nea hilflos über den Kopf.

Nea weinte sofort wieder los. Dabei hatte sie sich gerade ein wenig beruhigt.

Mami Jong machte einen Zischlaut und stupste ihren Mann an. Dazu rollte sie mit den Augen.

Aber bevor Papi Jong etwas sagen konnte, hallte

eine weitere verzweifelte Kinderstimme durch die Nacht. Sie kam aus dem Baumhaus der Nachbarn. „Wo bist du, Rosentau?“

Dann rief noch jemand, diesmal aus der anderen Richtung: „Blaubär? Mein Blaubär ist verschwunden!“

Immer mehr aufgebrachte Rufe, Stimmengewirr und Weinen drangen jetzt von draußen herein. Das halbe Dorf schien wach und auf den Beinen zu sein. Bestürzt sahen Alani und Windblüte sich an. Seidenglanz, Blaubär und Rosentau?

„Noch mehr Raupen?“, stammelte Alani. „Das wären ja schon drei!“

Windblüte zirpte erschrocken und schlug mit den Flügeln.

„Meinst du wirklich? Keine Ahnung!“, antwortete Alani entsetzt. „Jedenfalls kann das kein Zufall mehr sein! Da hast du absolut recht. Ich glaube auch nicht, dass die Kleinen heimlich eine Party feiern, so morchelmüde, wie sie waren. Aber wer in unserem friedlichen Tal klaut denn bitte Raupen?“

Unten an der knorrigen Baumwurzel der großen Platane öffnete die weise Morchella den Mund, um etwas zu sagen. Aber eine dunkle Gestalt klebte ihr ein Knäuel aus rosafarbenen Klebefäden quer darüber. Dann lud sie sich einen prall gefüllten Sack über die Schulter und winkte nach oben. Daraufhin glitt ein Schatten durch das Blätterdach herab, ergriff sie mit seinen Klauen und flog mit ihr davon.

Kapitel 13

Alanis Blick fiel auf das verlassene Raupenbettchen ihrer kleinen Schwester. Erst jetzt bemerkte sie, dass zerrissene rosafarbene und blassblaue Seidenklebefäden daran hingen.

Es sah ganz so aus, als ob Seidenglanz ganz gut damit vorangekommen war, sich in ihren Kokon einzuspinnen – bis sie durch irgendetwas oder irgendwen dabei unterbrochen worden war.

Windblüte zirpte aufgeregt.

„Ja, und zwar schnell!“, wandte Alani sich an ihren Schmetterling. „Finden wir heraus, was da los ist!“

Entschlossen griff Alani nach ihrer kleinen Umhängetasche und kletterte auf Windblütes Rücken.

„Wir suchen Seidenglanz und bringen sie zurück“, versprach sie Nea und nickte ihrer kleinen Schwester zu. Dann flogen sie durch das riesige Fenster hinaus.

Windblüte zirpte leise.

Alani antwortete erst, als sie außer Hörweite des Baumhauses waren. „Ich weiß, dass das ein leichtsinniges Versprechen war. Aber wir geben unser Bestes. Wir werden die Raupe meiner Schwester wiederfinden, egal, wie lange es dauert!“

Kühle Nachtluft umfing sie.

Alani fröstelte. Sie hatte immer noch ihren Schlafanzug an. „Zuerst zu Nalu und Tua!“, schlug sie vor. „Wir müssen herausfinden, wie viele Raupen fehlen.“

Fast alle Baumhäuser und auch die Pfahlbauten und die Halbhöhlen auf dem Boden waren hell erleuchtet.

Überall im Dorf liefen und flogen aufgeregte Menschen und Schmetterlinge herum. Erwachsene und Kinder leuchteten mit Öllampen und Leuchtkäfern in alle Richtungen oder spähten suchend in Büsche und Ecken und Winkel.

Windblüte und Alani glitten weit über ihren Köpfen durch die Bäume. Auf halber Strecke stießen Tua und Braunauge zu ihnen.

„Heiliger Pollenflug! Was ist denn los?“, fragte Tua.

„Wir wissen es auch noch nicht. Nea ist völlig fertig. Seidenglanz ist spurlos verschwunden, Blaubär und Rosentau ebenfalls. Wir haben keine Ahnung, wie viele Larven noch fehlen. Und ich glaube, sie sind nicht freiwillig abgehauen. Lass uns zu Nalu fliegen. Wo steckt sie bloß? Das ganze Dorf ist auf den Beinen. Weißt du, wie es Hoku und Sternchen geht?“

Tua schüttelte den Kopf. Genau wie Alani trug er nur einen Schlafanzug. Seine Haare waren verstrubbelt und standen in alle Richtungen ab.

Gelbwürfel flatterte draußen vor Hokus und Nalus Baumhaus herum. Der plüschige Falter wirkte völlig außer sich.

Als er Braunauge und Windblüte erkannte, fing er in höchsten Tönen an zu trillern. Die beiden anderen Schmetterlinge fielen ein.

„Nicht so schnell und nicht alle auf einmal, sonst verstehe ich kein Wort“, bat Alani und stieg ab.

Einen Moment lang herrschte Schweigen. Dann zirpten und trillerten die drei aufgebrachten Falter erneut wild durcheinander.

Kopfschüttelnd öffnete Alani ihre Proviantflasche mit Honigtau und goss den Schmetterlingen etwas davon in die dafür vorgesehene Schale an der Wand. „Hier, beruhigt euch erst mal.“

Gierig steckten die drei Falter ihre Rüssel in die Flüssigkeit.

Alani kletterte über die Brüstung des Landebalkons. „Also – jetzt noch mal von vorn. Hast du irgendwas gesehen? Wo sind die beiden?“, fragte sie, packte Gelbwürfels Kopf mit beiden Händen und zog ihn zu sich herum.

Gelbwürfel ließ erstaunt den tropfenden Rüssel hängen und sah sie mit großen Augen an. Dann hob er die plüschigen Schultern und zeigte nach innen.

„Geht doch, danke!“ Zufrieden drehte Alani sich um und lief auf das angegebene Fenster zu. „Nalu? Hoku? Seid ihr hier irgendwo?“

Tua kam zögernd hinterher. „Sie werden doch wohl nicht schlafen bei dem ganzen Lärm da unten, oder? Nicht dass wir von ihren Eltern Ärger bekommen, weil wir hier mitten in der Nacht …“

„Wir sind hier!“, rief es von drinnen.

„Nalu!“ Erleichtert rannte Alani über den Balkon und spähte durch das Fenster. „Ist alles in Ordnung bei euch?“

„Ich bin mir nicht sicher“, gab Nalu zu. Sie kniete auf dem Fußboden von Hokus Kinderzimmer, aber von ihrem kleinen Bruder, seiner Raupe und dem dazugehörigen Bettchen fehlten jede Spur.

„Oh nein. Sternchen ist auch weg?“, platzte Alani heraus. „Und Hoku gleich mit?“

Nalu öffnete den Mund, um etwas zu sagen.

„Nein!“, schoss da blitzschnell eine dumpfe Stimme aus dem Kleiderschrank. „Alles in bester Ordnung. Ich passe gut auf. Sternchen ist bei mir. Wir fürchten uns kein bisschen!“

„Hoku?“, fragte Tua ungläubig und kletterte hinter Alani ins Zimmer. „Was machst du denn im Schrank?“

„Nichts. Sternchen und ich spielen. Sie konnte nicht einschlafen“, behauptete der kleine Junge trotzig.

„Lässt du mich rein?“, bat Nalu und klopfte sanft an die Tür.

„Oder komm du raus“, schlug Alani vor.

„Das geht nicht“, sagte Hoku.

Aus dem Schrank war nun ein leises Wimmern zu hören.

„Wir sind alle drei da und helfen dir“, versprach Alani. „Keine Angst!“

„Ist niemand sonst bei euch? In meinem Zimmer? Auch nicht hinter dem Rollo?“

„Wer sollte denn außer uns da sein?“ Ratlos sahen die drei sich an.

Alanis linke Zehe juckte wieder. Alarmiert legte sie ihr Ohr an die Schranktür. „Geht es dir und Sternchen gut? Was ist passiert? Hast du dich eingesperrt und kommst nicht mehr allein raus? Warte, das haben wir gleich!“ Sie sah sich nach etwas Brauchbarem um, das sie als Hebel in die Tür klemmen konnte. An der Wand lehnte ein Besen. Entschlossen griff Alani danach. „Setz dich in eine Ecke“, rief sie durchs Schlüsselloch. „Weg von der Tür. Und ihr beide fasst bitte mit an. Wir brechen die Tür auf. Bei drei! Eins … zwei …“

„Nein, halt! Ihr nehmt sie mir nicht weg, oder?“, schluchzte Hoku plötzlich.

Erschrocken ließ Alani den Besen sinken und starrte den Schrank an. „Ganz bestimmt nicht“, sagte sie überrascht.

„Wieso sollten wir das denn tun?“, fragte Nalu.

„Niemand darf mir Sternchen wegnehmen! Auch nicht Papa und Mama. Oder Frau Seidenlieb. Oder dieser … ihr seid also wirklich allein, ja? Versprochen?“

„Großes Schmetterlingsreiterehrenwort!“

Im Schrank raschelte es. Dann klickte das Schloss. Ganz langsam öffnete sich die Tür einen Spaltbreit. Sie knarzte dabei so fürchterlich, dass Tua sich die Ohren zuhalten musste.

Hoku lugte zögernd heraus.

Alani, Nalu und Tua atmeten erleichtert aus.

„Wieso guckt ihr mich so an?“, fragte Hoku leise.

„Wir machen uns einfach nur Sorgen“, erklärte Nalu.

„Blaubär, Rosentau und Seidenglanz sind verschwunden“, fügte Alani wahrheitsgemäß hinzu.

„Aber wir haben sie schon beinahe gefunden. Nicht mehr weinen, bitte!“, sagte Tua.

Alani legte den Kopf schief und sah ihn mit gerunzelter Stirn an. „Haben wir?“, sagten ihre Augen.

„Wir kriegen das hin“, schob Tua schnell hinterher, als er ihren fragenden Blick sah. „Und Sternchen bekommen wir auch zurück.“

„Nein“, sagte Hoku mit zitterndem Kinn. „Sternchen gehört zu *mir.*“

Alani steckte sicherheitshalber ihre Hand in den Türspalt. Hoku sah nämlich aus, als wollte er sie gleich wieder zuziehen. Kein Wunder, bei dem ganzen Wirbel.

„Natürlich!“ Nalus Stimme zitterte. „Was immer auch geschehen ist, es ist nicht deine Schuld, Hoku!“

„Sag uns einfach nur, was passiert ist!“

„Ich weiß es nicht. Es ging alles so schnell“, wimmerte Hoku.

„Also doch! Sternchen auch!“ Nalu stöhnte.

„Wir finden sie ganz bestimmt wieder“, sagte Tua. „Alles wird gut.“

Hoku schüttelte den Kopf. Seine Augen füllten

sich erneut mit Tränen. Er schien abzuwägen, ob er den dreien wirklich vertrauen konnte. Misstrauisch spähte er an seiner großen Schwester vorbei in den Raum.

„Wir haben uns versteckt, als der Schatten kam. Sie ist nicht weg, Sternchen ist hier drin. In ihrem Bettchen. Aber gut ist es trotzdem nicht. Sie bewegt sich nicht mehr. Hab ich was falsch gemacht? Kommt das wirklich wieder in Ordnung?“

Kapitel 14

BONG!

„Aua!“

Alanis und Tuas Köpfe stießen gegeneinander, weil sie beide gleichzeitig in den Schrank sehen wollten.

Stöhnend rieb Alani sich die schmerzende Stelle. „Darf ich?“ Behutsam streckte sie die Hände aus.

Hoku nickte. Dann zögerte er doch noch einmal. „Aber macht erst das Fenster zu!“

Er wartete, bis Tua und Nalu das Bambusrollo bis zum Boden heruntergelassen und die Schnüre verknotet hatten. Dann krabbelte er heraus, bückte sich tief in den Schrank und hob eine dicke Seidenwurst in quietschgrüner Pelle ins Licht des Zimmers.

Alani nahm das Bündel entgegen und horchte daran. „Sie schläft ganz tief“, sagte sie lächelnd.

„Sternchen!“ Mit einem tiefen Seufzer atmete Nalu aus. „Hoku, du Hummelpo! Hast du denn in Puppenkunde nicht aufgepasst?“ Sie riss ihren kleinen Bruder an sich und drückte ihn ganz fest. „Es ist alles in Ordnung. Das muss so. Sie hat sich eingesponnen und bleibt jetzt die ganzen Ferien da drin. Sie schläft so lange in dieser Hülle, bis ihre Schmetterlingsflügel fertig sind. Dann kommt sie wieder raus."

„Halt mal dein Ohr dran, dann kannst du Sternchen in ihrem Kokon leise schnarchen hören", flüsterte Alani.

„Jetzt schon? Okay." Hoku wischte sich über die Nase. „Darum hat es so geraschelt neben mir. Es war ja dunkel im Schrank. Dann hat sie die ganze Aufregung vielleicht gar nicht mitbekommen. Das ist gut."

Alani nickte. „Wovor hattest du solche Angst? Was für einen Schatten meintest du?"

„Einen ganz großen!" Hoku breitete die Arme aus. „Mit solchen Flügeln und ganz spitzen Zähnen. Ich glaube, er wollte Sternchen klauen, aber wir sind in den Schrank geflohen, bevor er uns entdeckt hat."

„Hmm", machte Alani. „Und er kam vom Fenster?"

Hoku nickte.

Alani ging hinüber und linste durch das Rollo. Der Balkon war nur aus der Luft zu erreichen, und die nächsten Bäume waren weiter weg, als ein Gleithörnchen springen kann. „Dann muss er fliegen können."

„Oder sie!", sagte Tua.

„Die Schattin.“ Nalu kicherte, wurde aber gleich wieder ernst. „Sehr gut klettern wäre auch möglich.“

Alani dachte schweigend nach.

Unter ihnen, auf der Lichtung, schickte Mami Jong gerade Suchtrupps los. „Ihr geht bitte zum Strand“, rief sie dem ersten Haufen aus Wächterhornissen und Hummeln zu. „Ihr übernehmt die Käfergänge“, bat sie eine Elterngruppe. „Und ihr fliegt über die Lichtung. Nehmt euch Glühwürmchen mit. Schnell!“

Ein paar ältere Jugendliche flogen auf Nachtfaltern über das Dorf, aber die ließen sich ständig von den Lichtern ablenken.

Seufzend drehte sich Alani wieder zu den anderen.

„Aber was will ein gut kletterndes oder fliegendes Schattenwesen mit unseren Raupen?“, wunderte sich Tua.

„Erst mal müssen wir ihn oder sie erwischen. Wenn wir unsere Larven wiederhaben, werden wir auch darauf eine Antwort bekommen“, antwortete Alani.

Sie schluckte trocken und musste sich räuspern. Ein dicker Kloß wanderte ihre Kehle hinauf, weil sie an Blaubär und Seidenglanz und die anderen Raupen denken musste. Die hatten nicht so viel Glück gehabt wie Sternchen. Hoffentlich ging das alles gut aus. Sorgenvoll zwirbelte sie einen Faden zwischen ihren Fingern.

Alani spürte Nalus Blick auf sich ruhen und richtete sich auf. „Los, kommt. Sehen wir uns um. Vielleicht finden wir hier oben weitere Hinweise."

Hoku blieb unschlüssig an der Schranktür stehen. Er hielt das verpuppte Sternchen-Bündel ganz fest im Arm. Aber dabei schwankte er leicht, und die Augen fielen ihm beinahe zu.

„Wir machen das schon", sagte Nalu. „Ich bring dich rüber zu Oma Fadenreich. Sie passt auf dich und Sternchen auf, bis wir zurück sind."

Tapfer schüttelte Hoku den Kopf. „Ich will auch suchen helfen. Was hast du da in der Hand? Ist das eine Spur?" Er deutete auf Alani.

Verblüfft betrachtete sie den klebrigen Faden, mit dem sie herumgespielt hatte. Sie hatte ihn vorhin, ohne hinzusehen, von ihrem Ärmel gepflückt. Er war rosalilablassblau und sah genauso aus wie …!

„Wo hast du den her?", fragte jetzt auch Tua.

„Solche Klebefäden hat Seidenglanz heute Abend gesponnen", platzte Alani heraus. „Er muss auf dem Fensterbrett geklebt haben. Zu Hause habe ich auch so einen gefunden."

„Meinst du etwa, Seidenglanz war hier oben? Wie soll sie denn das gemacht haben? Noch hat sie ja keine Flügel.“

Alani dachte kurz nach, dann nickte sie bedächtig. „Möglicherweise hatte dieser Schatten den Faden an sich haften. Und das bedeutet, dass er …“

„Oder sie …“, ergänzte Tua.

„… auf jeden Fall etwas mit dem Verschwinden der Raupen zu tun hat … und fliegen kann.“

„Alter Falter!“ Nalu pfiff durch die Zähne.

„Vielleicht war das ja derselbe Schatten wie der, den ich heute Nachmittag im Raupenkindergarten gesehen habe?“, fragte Tua.

„Heiliger Pollenflug, du könntest recht haben!“, raunte Alani.

Windblüte klopfte ans Fenster und trillerte leise. Hoku zögerte kurz, dann rannte er hinüber, spähte durch die Lamellen und zog das Rollo hoch.

„Seht mal, was Windblüte gefunden hat“, rief er aufgeregt.

Windblüte schwenkte zirpend ein weiteres Stück Faden mit ihrem Rüssel herum.

„Grün mit Orangepink! Das hing im Baum fest?“ Alani griff danach. „Es sieht tatsächlich aus, als könnte es zu einer der anderen Larven gehören. Und da sind noch mehr solche Fäden? … Ja, natürlich kommen wir!"

Sie schwang sich aus dem Fenster und auf Windblütes Rücken. „Ich glaube, die Raupen zeigen uns den Weg! Ich bitte ein paar Leuchtkäfer um Hilfe. Worauf warten wir noch?"

Tua startete gleich nach ihr. „Gute Idee!"

Nalu setzte Hoku vor sich auf Gelbwürfels Rücken. Ihr Schmetterling schleckte zuerst noch in Ruhe die Honigtauschüssel leer. Er ließ sich wie immer ein bisschen länger Zeit, um in die Luft zu kommen.

„Fliegt ruhig schon vor, wir finden euch“, rief Nalu. „Aber lasst uns noch ein wenig vom Abenteuer übrig.“

„Brauchst du Hilfe?“, fragte Tua.

Nalu verneinte lachend und legte Sternchen in Hokus Arme.

Gelbwürfel zirpte fragend.

Nalu streichelte ihm über das Bäuchlein, als die anderen fort waren. „Schnell sein ist nicht alles, mein Hummelchen. Und Stärke auch nicht. Du hast andere Talente. Mach dir keine Gedanken.“

Gelbwürfel sirrte geschmeichelt. Da erregte etwas seine Aufmerksamkeit, und er trillerte alarmiert.

Nalu folgte seinem Blick und nahm zwischen den Gräsern eine Bewegung wahr – ganz sacht nur. Man konnte es leicht für Wind halten, der durch die Halme streicht. Aber eine Winzigkeit daran war anders.

„Er hat recht. Da unten ist noch ein Faden! Wieder ein rosalilablassblauer“, rief Hoku aufgeregt und zeigte auf die geknebelte Morchella.

„Sag ich doch, du bist mein Held!“, lobte Nalu und umarmte Gelbwürfel. „Niemand hat so feine Antennen wie du! Na komm, da wird unsere Hilfe gebraucht!“

Kapitel 15

Tua war noch nie mitten in der Nacht durch den Wald geflogen. Mit Leuchtkäfern als Scheinwerfern! Und dann auch noch ganz offensichtlich in Richtung der Windundwetterberge! Zumindest schienen die überall an den Zweigen klebenden rosafarbenen Seidenfäden auf direktem Weg dorthin zu führen. Das war beinahe aufregender, als ihm lieb war.

„Seidenglanz legt uns eine Fährte!“, rief Alani begeistert und drehte sich kurz zu ihm um.

„Was machen wir denn eigentlich, wenn wir diesen Schatten tatsächlich finden? Ist das nicht gefährlich?“, fragte Tua nervös.

Braunauge zirpte abenteuerlustig und ließ seine Muskeln spielen. Tua ging lieber nicht darauf ein. Er musste sich immer wieder unter Blättern und herabhängenden Zweigen wegducken, weil Alani und Windblüte ein solches Tempo vorlegten. „Hätten wir nicht wenigstens Papi Jong Bescheid geben sollen?“

„Nalu macht das doch … Guck mal – da ist wieder ein Faden!“, rief Alani.

Tief gebeugt hing sie auf Windblütes Rücken und spähte voraus. „Und da vorn auch!“ Sie zeigte auf einen weiteren grünlilafarbenen Fadenrest, der wie Lametta von einem Ast baumelte und im Lichtkegel der Leuchtkäfer sanft glitzerte.

Tua fror. Je höher sie kamen, desto windiger und kühler wurde es. Auch die Bäume sahen hier oben anders aus. Sie waren viel kleiner und krummer als im Tal, und statt Blättern hatten sie seltsame Stacheln um die Zweige. Unter ihnen rauschte Wasser. Tua traute sich kaum, nach unten zu sehen. Da waren überall spitze Felsen. Alles in diesen Bergen kam ihm spitz und stachelig vor, und der Wind peitschte ihm ins Gesicht. Braunauge musste sich mit aller Kraft dagegenstemmen.

„Warst du schon mal in den Windundwetterbergen? Müssen wir etwa auch über den Fluss? Was ist, wenn wir abstürzen? Da sind Strudel. Ich kann nicht schwimmen!“, sagte Tua nervös.

„Ich kann dich nicht hören“, rief Alani. „Der Wasserfall braust so laut. Halt dich gut fest. Hier oben gibt es nachts manchmal heftige Sturmböen.“

„Ach du lieber Pollenflug“, stöhnte Tua und krallte sich ganz fest in Braunauges Plüschfell.

Braunauge zirpte ungehalten.

Auf einmal war Alani neben ihm. „Na? Kriegst du kalte Flügel? Keine Bange, wir schaffen das schon. Lange kann es ja nicht mehr dauern, bis wir sie eingeholt haben.“

Tua nickte tapfer. „Wir holen unsere Raupenbabys zurück!“

„Licht aus!“, zischte Alani plötzlich. „Da vorne ist was!“

Die Leuchtkäfer drehten sich dankbar um und tauchten ihre ausgekühlten Hinterteile in den dichten Brustpelz der Schmetterlinge, um sich aufzuwärmen. Schlagartig wurde es dunkel.

Braunauge quietschte empört auf und hielt sich schützend die Flügel über die Stelle, wo die kalten Käfer sich verkrochen hatten. Die Leuchtkäferpopos fühlten sich an wie Hagelklumpen auf seiner empfindlichen Haut!

Alani drehte sich zu ihnen um und zog erstaunt die Augenbrauen hoch. Windblüte sirrte, und das klang eindeutig wie ein Kichern.

Tua fand es allerdings überhaupt nicht komisch,

dass der stärkste Schmetterling von allen sich gerade so anstellte.

„Was machst du denn? Flieg doch!“, japste Tua. „Wir stürzen ja ab!“

Braunauge zirpte weiter jammernd vor sich hin und presste die Flügel eng an seinen Körper. Sie drehten sich ein paar Mal um die eigene Achse.

Die Leuchtkäfer kreischten. Braunauge quietschte.

Tua wurde schwindelig. „Das kitzelt? Nicht dein Ernst, oder?“ Er kniff die Augen zusammen und klammerte sich an Braunauge, so fest er konnte. „Alani!“, rief er panisch.

Sie antwortete irgendetwas, aber er konnte sie nicht verstehen. Es brauste zu laut in seinen Ohren.

Immer näher kamen die stacheligen Äste der Nadelbäume. Tua spürte den Wind an seinen Armen zerren, oder waren das bereits Zweige?

Im letzten Moment breitete Braunauge endlich die Flügel aus. Sie trudelten gefährlich und glitten haarscharf über ein paar krüppelige, spitze Baumwipfel hinweg. Dann hatte Braunauge sein Gleichgewicht wiedergefunden.

Tua keuchte.

Seine Beine zitterten.

Die Leuchtkäfer sagten gar nichts mehr.

„Das war genial, super gemacht", rief Alani gut gelaunt und steuerte Windblüte neben ihn. Anerkennend hielt sie einen Daumen hoch.

Tua schnappte immer noch nach Luft. „Moment! Was?", stammelte er verwirrt. „Glaubst du etwa, das war Absicht? Für wie verrückt hältst du mich denn?"

Alani lachte. „Dich gar nicht, aber Braunauge ziemlich! Guckt mal. Da vorn ist Licht auf dem Windundwetterberg! Wer immer das angezündet hat, soll besser nicht wissen, dass wir kommen. Aber im Tiefflug sieht man uns nicht. Da hätte ich auch selbst dran denken können. Danke, Braunauge!" Sie strahlte.

„Na toll", brummelte Tua. „Jetzt wird er auch noch gelobt. Ich hätte abstürzen und mir alle Knochen brechen können."

„Hättest du nicht. Braunauge passt immer auf dich auf."

Tuas Schmetterling zirpte bestätigend.

Alani legte den Kopf schief und lenkte Windblüte neben Tua. Dann wuschelte sie beiden freundschaftlich durch die Haare. „Gleich geschafft. Es ist bestimmt nicht mehr weit."

Tua seufzte und streichelte seinen Falter versöhnlich. Jetzt nahm auch er den fahlen Schein wahr, der vom Gipfel des Windundwetterberges zu kommen schien. Eine alte Burg thronte dort oben auf den Klippen. Die Umrisse zeichneten sich dunkel gegen den Himmel ab. Aber niemand lebte da. Die Grauburg stand seit Ewigkeiten leer.

Oder etwa nicht?

Aus dem halb verfallenen Inneren der Burg kräuselte sich eine dünne Rauchfahne in den Nachthimmel. Die stürmischen Böen zerfetzten sie immer wieder, aber sie kämpfte und gab nicht auf.

Auch die Schmetterlinge hatten es zunehmend schwerer, gegen den immer stärker werdenden Gegenwind anzufliegen. Das war das Problem mit den Windundwetterbergen. Hier oben stürmte es meistens so stark, dass Falter und andere kleinere Fluginsekten in gefährliche Schwierigkeiten geraten konnten. Nachts war es außerdem eiskalt, und tagsüber brannte die Sonne.

„Es hat keinen Sinn, wir müssen zu Fuß weiter“, keuchte Alani, nachdem nun auch Windblüte einen unfreiwilligen Salto gedreht hatte. Die Arme tat sich immer schwerer, das Gleichgewicht in der Luft zu halten. Ihre Flügel zitterten vor Anstrengung. „Lass uns landen, die Schmetterlinge können nicht mehr. Sie brauchen eine Pause, und ich bin auch schon ganz steif gefroren."

Tua nickte bibbernd. Sie suchten Schutz hinter ein paar Büschen.

Es war eine Weile her, dass sie die letzten Raupenfäden entdeckt hatten. Ob das ein gutes oder ein schlechtes Zeichen war?

Alani gähnte verstohlen. Sie war morchelmüde, der Flug war wirklich anstrengend gewesen. Ihr taten alle Knochen weh, und ihre Hände und Füße waren knallrot und ganz steif. Die Schmetterlinge keuchten schwer und konnten sich kaum noch auf den Beinen halten. Sie hatten ihnen viel zugemutet. Sogar Braunauge stolperte und knickte ein paarmal auf seinen Krallenfüßen weg. Doch die meisten Sorgen machte sich Alani um die entführten Raupen. Fröstelnd rieb sie sich über die Schlafanzugärmel.

Hinter der Burg färbte sich der Himmel rosaviolett. Es dämmerte. Mit der aufgehenden Sonne kam bald die Wärme zurück. Aber gleichzeitig rannte ihnen die Zeit davon.

Alani dachte an Sternchen und Hoku – und an Nea, die sich zu Hause sicher die Augen aus dem Kopf heulte, und an die gestohlenen Raupen irgendwo vor ihnen in der Grauburg. Normalerweise müssten sich die Kleinen längst verpuppt haben. Dann waren sie diesem diebischen Schatten erst recht hilflos ausgeliefert. Was wollte der nur mit ihren Larven?

Im ersten Licht des anbrechenden Tages füllte Alani ein wenig Honigtau aus ihrer Flasche in eine kleine Schale.

„Stärkt euch erst mal“, flüsterte sie und streichelte Windblüte über den Kopf. „Danke, dass ihr uns so tapfer bis hierher begleitet habt! Den Rest müssen wir jetzt allein schaffen.“

Braunauge zirpte fragend.

Tua nickte entschlossen. „Sie hat recht. Wir müssen weiter. Aber das ist in Ordnung.“ Er pflückte die immer noch fröstelnden Leuchtkäfer aus Braunauges Brustpelz und setzte sie ebenfalls an den Rand des Schälchens, wo sie gierig zu schlürfen begannen. Dann kraulte er seinen Falter zum Abschied unter dem Kinn. „Wir kommen klar. Und ihr versucht am besten, ein wenig zu schlafen und euch zu erholen. Auf dem Nachhauseweg habt ihr nämlich mehr zu tragen.“

„Holen wir unsere Raupen zurück!“, sagte Alani leise und legte Tua eine Hand auf die Schulter.

Braunauge schlang seinen Rüssel um Tuas Nacken und kitzelte ihn hinter dem Ohr.

Tua drückte ihm kichernd einen Kuss auf die Nase. „Wir beeilen uns“, versprach er. Dann marschierte er Alani hinterher, so schnell er konnte.

Kapitel 16

„Ich hasse laufen“, brummte Tua. „Noch dazu barfuß im Schlafanzug. Das wird jetzt aber nicht zur Gewohnheit, oder?“

Alani lachte. „Fliegen finde ich auch schöner, du Pusteblume, muss aber sein.“

„Ich weiß.“

Der Anstieg war steil, und auf den letzten Metern zur Burg gab es kaum noch Deckung. Selbst wenn Windblüte und Braunauge noch gekonnt hätten – jetzt, da es dämmerte, wären die großen bunten Falter nicht zu übersehen gewesen.

Steil und grau ragten die Mauern der in den Felsen geschlagenen Burg vor ihnen auf.

„Meinst du, sie sind da wirklich drin?“, fragte Tua ein bisschen außer Atem. „Wie kommen wir denn rein, ohne unsere Schmetterlinge? Und was machen wir dann? Was ist, wenn dieser Schatten gefährlich ist?“

„Was ist, wenn nicht? Erst mal verschaffen wir uns

einen Überblick!“, sagte Alani und schlich noch näher. „Dann sehen wir weiter.“

Prüfend ließ Tua seinen Blick über die felsigen Mauern gleiten. „Im Klettern bin ich nicht besonders gut. Fliegen wäre …“

„ … einfacher und auffälliger“, meinte Alani. „Ich bin für die Tür. Kommst du?“

„Hmm?“ Erstaunt blickte Tua in die Richtung ihres ausgestreckten Arms.

Wer auch immer in die Grauburg gezogen war, rechnete anscheinend weder mit Überraschungsbesuch – noch mit ungebetenen Gästen. Das alte Burgtor hing schief in den Angeln. Der Eingang stand weit offen, wie ein dunkles, gähnendes Loch.

Tua schauderte. Und das lag nicht nur an der Kälte. „Warte!“ Er hielt Alani am Ärmel zurück, als diese direkt darauf zuging. „Was hast du vor? Wir können ja schlecht reinspazieren und freundlich fragen, ob dieser Schatten oder wer auch immer unsere Raupen entführt hat!“

„Nein. Aber draußen stehen bleiben ist auch keine Lösung. Wir lassen uns eben nicht erwischen.“

„Klingt ja nach einem supersummsigen Plan.“ Tua verzog gequält das Gesicht.

„Ja, oder?“ Alani grinste schief. Ein bisschen mulmig war ihr nämlich auch.

Mit klopfendem Herzen schlich sie vorneweg. Es roch modrig. Die grob behauenen, riesigen Mauersteine waren grau und kalt, das Holz von Tür und Fensterrahmen verwittert.

Von draußen hörte man den Wind um die Mauern pfeifen. Im Innenhof des halb verfallenen Gemäuers war es dagegen beinahe unnatürlich still. Es war niemand zu sehen, aber ganz offensichtlich war die Burg bewohnt: Am Brunnen in der Hofmitte hing ein Seil mit einem blank polierten Eimer. Neben der Kochstelle hatte jemand Holz aufgestapelt. Das Regal daneben bog sich unter seltsam aussehenden Flaschen und Krügen.

Irgendwer hatte über diesem Bereich ein Sonnensegel und eine Hängematte aufgespannt. Ein Stapel Bücher lag auf einem kleinen Tischchen. Die Hängematte war leer, genau wie der abgebrochene Fahnenmast in der Mitte des Burghofs, der offenbar einem großen Vogel als Schlafbaum diente. Eine Wasserschale und eine Futterschüssel mit ein paar Früchten darin waren an einer Querstange befestigt, an der noch eine alte dunkle Fahne hing. Nur von den

Raupen, dem Besitzer der Bücher oder dem Schatten war weit und breit keine Spur.

Alani schnupperte. Es roch nach sehr reifen, süßen Feigen. Ihr Magen knurrte. Schnell hielt sie beide Hände über ihren Bauch. Aber es war zu spät. Das war laut!

Tua zuckte zusammen. Erschrocken sah er sie an. Im selben Moment nahm er aus dem Augenwinkel eine Bewegung auf dem Schlafbaum wahr.

Der war ja gar nicht leer! Die zerfetzte Fahne entpuppte sich als ein lebendiges dunkles Etwas, das kopfüber von der Sitzstange herunterbaumelte.

Und dieses Etwas hatte offenbar sehr feine Ohren!

Es öffnete ein riesiges, dunkles Auge – und dann ein Mäulchen, mit einer rosafarbenen Zunge und spitzen, weißen Zähnen.

„Sch…sch…schattenalarm!", kiekste Tua erschrocken.

Alani hielt ihm den Mund zu und zog ihn hinter einen Leiterwagen voller Gerümpel.

„Ich glaube, das ist der Flughund, von dem die Morchella gesprochen hat!"

Sie wagten beide kaum, Luft zu holen. Hatte dieses seltsame Tier sie gewittert? Was hatte es jetzt vor? Erst klaute es Raupen, und dann hing es da einfach mit dem Kopf nach unten auf seinem Fahnenmast und schlief? Das ergab doch alles keinen Sinn!

Ganz vorsichtig lugte Alani zwischen ein paar alten Säcken hervor. Das Fledermauswesen schlug verschlafen mit den Flügeln. Es schnupperte kurz und krauste witternd die schwarze Nase. Dann zog es die ledrigen Hautlappen wie eine Decke um sich, schmatzte ein paarmal und schlief wieder ein. Alani und Tua atmeten vorsichtig aus.

„Gerettet“, stöhnte Tua.

„Na ja, für den Moment vielleicht“, widersprach Alani düster.

Kapitel 17

Sicherheitshalber blieben sie noch eine Weile hinter dem Leiterwagen hocken und lauschten.

Die Sonne ging auf und strahlte die kaputten Burgfenster an. Aber es war immer noch kühl. Tua zitterte. Er fragte sich, was die Schmetterlinge gerade machten und ob zu Hause immer noch alle suchten. Ob es wirklich eine gute Idee gewesen war, alleine die Spur des geheimnisvollen Raupendiebes zu verfolgen? Bis hinauf in die Grauburg, wo ihnen niemand nachfliegen konnte!

Er öffnete gerade seinen Mund, um Alani vorzuschlagen, lieber zurückzuschleichen und die Erwachsenen zu holen, da drückte sie ihre Hand fest in seinen Arm.

„Hörst du das?“ Alani legte einen Finger an ihre Lippen.

Jetzt vernahm auch Tua das klägliche Fiepen. Es schien aus einem der Felsentürme zu kommen. Aber … aus dem Keller?

Halb verborgen hinter ein paar Fässern entdeckte Alani ein zerbrochenes Fenster. Und nur ein paar Meter davon entfernt stand die schwere Eingangstür zum Turm einen Spaltbreit offen.

„Das klingt wie Seidenglanz!“ Sie krallte sich noch fester in Tuas Arm und unterdrückte einen Freudenschrei. „Sie sind tatsächlich hier, wir haben sie gefunden!“

Argwöhnisch schielte Tua zu dem Schlafbaum hinüber, wo das geflügelte schwarze Tier noch immer kopfüber an seinem Fahnenmast hing und leise vor sich hin schnarchte.

„Aber wie kommen wir an diesem Flughund vorbei?“, wisperte er.

„Auf drei rennen wir einfach los“, schlug Alani vor und stand auf.

Tua sah sie mit großen Augen an.

„Hast du eine bessere Idee?“

Tua schüttelte den Kopf.

„Na dann – eins … zwei …“

„Diese nichtsnutzigen, nervigen Dinger!“, keifte in diesem Moment eine raue weibliche Stimme quer über den Hof.

Tua konnte Alani gerade noch zurückreißen.

Die alte Turmtür flog auf und krachte gegen die Steinmauer.

Schwere Schritte schlurften über den Sand und kamen rasch näher.

Alani und Tua robbten unter den Leiterwagen und machten sich ganz klein. Wer war das denn jetzt? Das Einzige, was Alani sehen konnte, waren die dreckigsten Füße der Welt, die in ausgetretenen, staubigen Sandalen steckten und unter einem weiten Rock hervorlugten. Direkt vor ihnen blieben sie stehen.

Tua und Alani kauerten sich dicht aneinander.

„Schwing deinen verfilzten Flughundehintern hier herunter und hilf mir! Glagg!"

Die seltsame Riesenfledermaus rührte sich nicht.

„Sag mal, hörst du schwer?", kreischte die Frau und trat mit dem Fuß gegen den Mast. „Schlafen kannst du später, du tumbe Trantüte! Los, tu was. Oder bring mir andere Seidenspinner. Diese hier heulen nur rum. Und ob diese klebrigen Kleisterfäden wirklich so wertvoll sind, wie du behauptest, daran habe ich inzwischen auch zwingende Zweifel. Matschfrüchte sind gestrichen!"

„Njammglagg?“, kreischte das Schattenwesen los und flatterte so aufgeregt mit den ledrigen Flügeln, dass eine überreife Feige aus seinem Napf auf den Boden plumpste und zerplatzte. „Glagglamm, Grelakk!“

Die Frau kickte den Feigenmatsch mit dem Fuß beiseite. Er landete direkt vor Alanis Knie. Schnell rutschte sie noch weiter zurück. Das Herz schlug ihr bis zum Hals. Sie hätte zu gern verstanden, worüber die beiden da stritten.

„Nichts gibt es, du verfilzter Fledervogel. Goldfäden sehen ganz anders aus!“

„Neknek Glaglimm!“, schmeichelte Glagg nun, aber die Frau hob die Arme und schüttelte die Hände.

„Lass mich bloß in Ruhe mit deinem unglaublich unbedeutenden Unsinn, du törichter Tunichtgut! Ich hasse diese trostlose Insel, wo ich immerzu katastrophale Kopfschmerzen habe und meine mirakulöse Magie nicht funktioniert. Keine Widerrede, jetzt bist du dran mit Aufpassen und Antreiben dieser mehligen Maden!“ “

„Glagagg nek Glammglimm!“, schimpfte Glagg.

Brummig schlappte die Frau zu ihrer kleinen Freilichtküche hinüber, schürte das Feuer und setzte Kaffeewasser auf. Dann zeigte sie mit dem kleinen Kupferkessel auf den Turmeingang und sah ziemlich wütend dabei aus.

Mit gerunzelter Stirn spähte Alani hinüber. Sie mussten da hineinkommen. Aber wie?

„Hör zu, du dusseliges Ding! Wenn du dir so sicher bist, dann geh du da runter und komm erst wieder hoch, wenn diese fetten Funzeln dir so viel Gold gesponnen haben, dass ich mir davon meine Zauberkräfte zurückkaufen kann.“

Glagg angelte mit der Flügelspitze nach einer der Früchte aus seinem Napf, spießte sie mit der Kralle auf und biss herzhaft hinein.

„Grelgellakk. Mekk. Ssprubb“, widersprach er schmatzend.

„Das seh ich selbst. Jetzt runter da mit dir, wenn du jemals wieder Matschmelonen oder faulige Feigen futtern willst!“

Murrend ließ sich der Flughund von seinem Schlafmast fallen und breitete erst kurz über dem Boden seine Schwingen aus.

Tua zog den Kopf zwischen die Schultern. Einen Flügelschlag lang konnte er aus dem Versteck heraus der Riesenfledermaus direkt in das pelzige Gesicht sehen. Ihr Blick streifte seinen. Oder nicht? Das Tier kniff kurz die schwarzen Augen zusammen, dann drehte es ab, als sei nichts geschehen. Tuas Herz schlug ihm bis zum Hals. Fasziniert beobachteten Alani und er, wie Glagg beinahe lautlos zu dem zerbrochenen Kellerfenster segelte, die Flügel anklappte und sich hindurchquetschte. Als er im Inneren verschwunden war, flog ihr Blick wieder zu der Frau mit den schmutzigen Sandalen. Das war eine Zauberin?

Die Frau brummte noch einmal. Dann beugte sie

sich über den Kessel, und ihr Gesichtsausdruck veränderte sich. Selig atmete sie den Duft des brodelnden Gebräus ein und schlürfte. „Rotznasige Raupen und ein zotteliger Zeckenmagnet. Was habe ich nur getan, um so etwas zu verdienen?“ Sie trank noch einmal und schlurfte dann zur Hängematte hinüber.

Alani und Tua versuchten, sich noch kleiner zu machen.

Erschrocken beobachteten sie, wie die Zauberin ächzend ihren Kaffee abstellte, sich setzte, die Sandalen wegkickte und Beine baumelnd nach einem Buch griff.

Sie wollte doch jetzt nicht etwa lesen? Entsetzt starrten Tua und Alani sich an. Und die Raupen waren da unten ganz allein mit diesem spitzzahnigen Flughund?

Zu ihrer Überraschung legte sich die Zauberin jetzt auch noch hin und zog sich das aufgeschlagene Buch übers Gesicht.

Alani wartete drei Atemzüge lang. Dann hielt sie es nicht mehr aus. Die Zauberin rührte sich nicht. Stattdessen erklang leises Schnarchen.

„Jetzt!“, wisperte sie und zog den verblüfften Tua mit sich. „Eine bessere Chance kriegen wir nicht!“

Kapitel 18

So schnell sie konnten, huschten Alani und Tua an der Mauer entlang in Richtung des Turms und kauerten sich hinter die Fässer, die direkt vor dem zerbrochenen, alten Kellerfenster standen. Auf kleinen grauen Adressaufklebern stand:

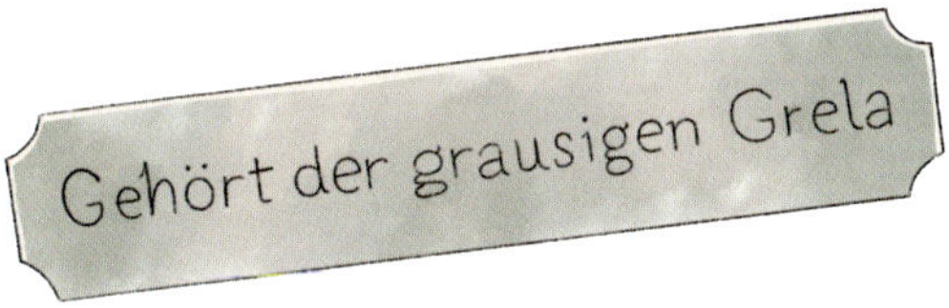

Alani kräuselte die Nase. Dann musste *Grela* wohl der Name dieser Zauberin sein. Aber wer nannte sich selbst *grausig?* Und wonach roch es hier so säuerlich?

Tua lehnte sich erschöpft mit dem Rücken an eins der Fässer und schloss die Augen. „Unsere Raupen können doch kein Gold spinnen!“, flüsterte er. „Was machen wir denn jetzt bloß?“

„Heiliger Pollenflug! Das ist es!“ Energisch rüttelte Alani an ihm und zeigte auf die schnarchende Zauberin. „Meine Feder! Die Morchella sagte, dass sie wertvoll ist!"

„*Werden kann*", berichtigte Tua. Er sah nicht überzeugt aus. „Willst du eine einzige Feder als Tausch für all unsere Raupen anbieten?"

Alani runzelte die Stirn. „Nein, du hast recht. Vielleicht hat es die Morchella ganz anders gemeint." Nachdenklich betrachtete sie die schillernde orange-blaue Feder in ihrer Hand. „Wofür bist du nützlich?

Was macht dich wertvoll?“, überlegte sie murmelnd. „Vielleicht gibt uns diese Grela die Raupen freiwillig, wenn wir sie ordentlich damit durchkitzeln?“

„Ich weiß nicht, ob das eine gute Idee ist.“ Tua riskierte einen schnellen Blick hinüber zur Hängematte. „Sie sieht nicht so aus, als ob sie überhaupt lachen kann.“

„Hast du eine bessere Idee?“, wisperte Alani.

Tua zuckte mit den Achseln. „Heimlich unsere Raupen zurückklauen und verschwinden?“, schlug er zögernd vor.

Alani lachte. „Sehr gut, du hast mich überzeugt. Der Plan gefällt mir. Komm. Verschaffen wir uns einen Überblick.“

Auf allen vieren robbten sie das letzte Stück zum Fenster hinüber. Tatsächlich! Dort unten, in einem hell erleuchteten Kellerraum, saßen die verschwundenen Raupen!

Alani entdeckte Seidenglanz, Rosentau und Blaubär und noch vier weitere. Die Kleinen waren auf Stühlen festgebunden und hatten ganz rot geweinte und sehr kleine Augen. Sie mussten morchelpuppenmüde sein!

Und der Flughund hing über ihnen mit den Füßen

an einem alten Kronleuchter – und schnarchte ebenfalls.

Vor jeder Larve lag ein dickes Knäuel mit Seide. Diese Grela hatte ihnen offenbar nicht erlaubt, sich selbst darin einzuspinnen und endlich zu schlafen. Sie wollte alle Fäden für sich behalten!

„Alles wird gut. Wir sind hier!“, flüsterte Alani in den Kellerraum hinunter, legte sich einen Finger an die Lippen, damit die Raupen nichts verrieten, und winkte. „Wir holen euch raus, keine Angst!“

Ein Stück Mauerstein löste sich unter ihren Händen und fiel ausgerechnet auf einen Tonteller, der klirrend in lauter Scherben zersprang. Erschrocken hielt Alani die Luft an. Ihr linker großer Zeh pochte und puckerte.

Der Flughund bewegte sich und blinzelte. Sofort fingen die Raupen wieder an zu weinen.

Tua scheuchte Alani zurück in die Deckung der Fässer. Ganz vorsichtig streckte er den Kopf vor und schielte in den Keller, aber das geflügelte Fledermaustier hatte sie nicht bemerkt. Oder tat es nur so?

Dafür wachte jetzt die grausige Grela auf.

„Was ist das denn schon wieder für ein lästiger Lärm?“

Sie zog das aufgeschlagene Alchemiebuch von ihrem Gesicht, klappte es zu und richtete sich auf. Gähnend ließ sie die Beine aus der Hängematte baumeln und tastete mit den Zehen nach ihren Sandalen.

„Kann man in diesem öden Eiland nicht einmal fünf Minuten tadellosen Tagsüberschlaf halten? Glaaaaaggg!"

„Glagagg! Knakekk!", krakeelte es aus dem Turmkeller.

„Ich will keine faulen Ausreden, ich will, dass du diese fetten, kleinen Spinner zum Spinnen bringst", keifte die Grela weiter. „Und wenn du das nicht gebacken kriegst, koche ich rustikale Raupensuppe mit fitzeligen Flughundewürfeln! Und die esse ich dann ganz allein! Mit Sahne und Senf und einem ganzen Fass Sauerkraut!"

Wütend stapfte sie los – direkt auf das Versteck von Alani und Tua zu, das auf dem Weg zum Turmeingang lag.

Sauerkraut? Das war es, was hier so komisch roch! Sie würde sie entdecken!

Tua hielt sich die Hände vors Gesicht und schielte erschrocken zwischen den Fingern hindurch. Alani machte sich bereit, mit den Füßen eins der Fässer umzutreten. Wenn die Zauberin im Kraut ausrutschte, mussten sie ganz schnell rennen und … nein, das ging nicht. Selbst wenn es ihnen gelingen würde, das Burgtor zu erreichen und wegzulaufen – sie konnten die Raupen nicht zurücklassen. Niemals! Sie saßen in der Falle. Trotzig reckte Alani das Kinn. Aber kampflos aufgeben würde sie nie!

Kapitel 19

„Glaggrela! Nakknekk Bahh nehnjamm!“

Der Flughund quetschte sich durch das Kellerfenster, stieß sich vom Boden ab und landete gerade so eben noch auf Grelas Schulter. Dabei verdeckte er ihr halbes Gesicht mit seinem Flügel. Die Zauberin stolperte unter seinem Gewicht und war abgelenkt – gerade eben lange genug, dass Alani und Tua sich hinter eine Plane retten konnten.

„Das würde ich nicht drauf ankommen lassen, ungeschicktes Ungetüm. Runter von mir!“, knurrte die Entführerin, zerrte unsanft Glaggs Flügel von ihrem Kopf, griff nach einem der kleineren Fässer und

verschwand mit dem Flughund im Inneren des Turms. Ihr Schimpfen wurde leiser, je weiter sie die Treppe hinunterging.

Alani und Tua atmeten aus. „Windundwetterberg noch mal. Das war knapp“, stöhnte Tua.

„Allerdings!“ Alani war fast ein wenig enttäuscht. Auf allen vieren kroch sie zum Fenster und lugte hinunter. Sie hörte, wie ein Schlüssel umgedreht wurde. Dann betrat die garstig dreinblickende Zauberin, den Flughund immer noch auf ihrer Schulter, den Raum mit den Raupen.

Sofort fingen die Kleinen wieder ängstlich an zu weinen.

„Weiterspinnen, los, ihr milchigen Maden!“, rief die Grela, stellte polternd das Sauerkrautfass ab und pikte Seidenglanz mit ihrem langen Fingernagel in den Bauch. „Da sind doch sicher noch Mengen von Metern drin, oder?“

Alani ballte die Fäuste. Hilflos mussten sie mit ansehen, wie die völlig erschöpften Raupen wieder anfingen, Fäden aus ihren Kopfdrüsen zu ziehen.

„Schneller!“, rief die Zauberin. „Sonst gibt’s rahmige Raupensuppe für meinen geflügelten Glagg hier!“

„Nekk Glagamm njamm neh …!

„Schnauze!“ Die Stimme der Grela überschlug sich.

Entsetzt starrten Tua und Alani sich an.

„Ach du dicker Käferklump! Und jetzt?“, stöhnte Alani. „Wir müssen sie sofort befreien!“

„Wie willst du das machen? Das schaffen wir doch nie. Wir sind nur zu zweit!“, jammerte Tua.

„Seit wann kannst du nicht mehr bis drei zählen?“, erklang plötzlich Nalus Stimme direkt über ihnen.

„Nalu-mppfh?!“

Alani musste Tua schon wieder den Mund zuhalten. Eilig krochen sie weg vom Kellerfenster, wo sie reden konnten.

Buchstäblich aus heiterem Himmel landete Gelbwürfel neben den Fässern. Nalu hüpfte von seinem Rücken und ließ sich stürmisch umarmen.

„Ich hab doch gesagt, ich komme nach!“, sagte sie grinsend, als sie wieder Luft bekam.

„Und zwar genau im richtigen Augenblick“, seufzte Alani erleichtert.

„Wo sind unsere Babys? Geht es ihnen gut? Habt ihr sie gefunden? Wie ist der Plan?“

„Na ja …“ Alani fasste an die Feder in ihrem Haar.

„Wir hatten einen Plan B, aber der ist unsicher“, unterbrach sie Tua. „Gut, dass ihr jetzt da seid.“

„Wie hast du es denn mit Schmetterling durch den Wind da draußen geschafft?“, fragte Alani staunend.

„Tja, so leicht weht meinen Gelbwürfel nichts um.“ Nalu lachte, und der Falter reckte stolz das Kinn, sodass sie ihn darunter kraulen konnte.

„Du bist doch nicht etwa allein?“ Tua sah nach oben. Aber bis auf ein paar Wolken war der Himmel leer. Er starrte Nalu mit einer Mischung aus Unglauben und Verzweiflung an.

„Nein! Bin ich nicht!“ Nalu starrte empört zurück. „Erstens habe ich Gelbwürfel dabei, und zweitens …“ Sie wühlte in ihrer Umhängetasche und zog ein kleines blaues Stoffbeutelchen heraus. „… hat mir die Morchella das hier mitgegeben.“

„Die Morchella?“, fragten Tua und Alani gleichzeitig und schauten sich überrascht an.

Nalu nickte eifrig. „Stellt euch vor, irgend so ein Flughund hat ihr den Mund mit Raupenfäden zugeklebt.“

„Glagg!“, rief Alani. „Er hat dieser Grela geholfen, unsere Raupen zu klauen! Er gehört zu ihr.“

„Glagg ist der Schatten, den ich im Raupenkindergarten gesehen habe!“, ergänzte Tua eifrig.

„Und Hoku bei euch!“, sagte Alani.

„Hä?“, machte Nalu und sah verständnislos zwischen den beiden hin und her. „Nein, lass mich, Gelbwürfel, nicht jetzt.“

Der große Schmetterling tastete beharrlich mit seinem Rüssel zwischen den Kindern herum und versuchte, ihre Aufmerksamkeit zu bekommen.

Abwesend griff Nalu mit der freien Hand in ihre Tasche und steckte einen Honigpollen in Gelbwürfels Rüssel.

Der Falter trötete und spuckte die Leckerei aus.

„Tut mir leid, was anderes habe ich nicht ... Jedenfalls hat die Morchella mir erzählt ...“

„Und du bist schon hier? Wie denn das? Sie schläft doch immer ein, mitten im Satz!“, unterbrach Alani die beiden ungeduldig.

„Ja, aber ich weiß jetzt auch, wieso ...“

Gelbwürfel zirpte erneut dazwischen.

„Unterbrich mich doch bitte nicht ständig, Würfelchen! Du bist der Beste, und ich kümmere mich gleich um dich, einen Moment nur, ja? Was hast du denn nur?“ Nalu schob Gelbwürfels Rüssel von ihrer Schulter. „Das passiert nicht nur, wenn sie sich langweilt, sondern vor allem, weil sie von ihren eigenen Pilzsporen …"

In seiner Verzweiflung trötete Gelbwürfel, so laut er konnte, aber es war zu spät.

„Was für Wichte wuseln wohl hier hinten herum?", blökte in diesem Augenblick eine laute, knarrende Stimme.

Ein Schatten fiel auf die drei und ließ Nalu erstarren. „Wer ist das?"

„Die Grela", wisperte Tua und blinzelte verschüchtert ins Gegenlicht.

„Wer seid ihr? Was macht ihr in meiner brüchigen Burg und hinter meinen feinen Fässern? Raus da, aber ruckzuck!"

Alani stemmte die Hände in die Hüften. „Du hast unsere Raupen geklaut! Und wir holen sie uns zurück!"

„Papperlapapp!" Die Grela wischte Alanis Drohung mit einer Handbewegung fort. „Hier kommt niemand raus, wenn ich das nicht erlaube, du rotzige Rübe."

Nalu versuchte unauffällig, das Beutelchen zu verstecken, aber der Grela entging nichts.

Sofort streckte sie die Hand danach aus. „Was ist das? Ist es wertvoll?“ Ihre Augen glitzerten gierig.

„Nein, das ist nur …“ Da fiel Nalu etwas ein, und sie unterbrach sich. „Wir könnten tauschen“, schlug sie vor.

„Gib es ihr nicht!“, riefen Alani und Tua gleichzeitig.

Gelbwürfel zirpte.

Aber da hatte die Grela Nalu den Stoffbeutel bereits aus der Hand gerissen.

Kapitel 20

„Sag schon! Ist es giftig, gefährlich, gammlig, garstig – oder gar Gold?“, fragte die Grela und kniff drohend die Augen zusammen.

„Nein! Nichts davon“, rief Nalu. „Es ist meins! Nicht reinschauen!“

„Das hättest du wohl gern, du geiziges Gör! Ihr bleibt alle drei stramm und stumm stehen und rührt euch nicht! Sonst … sonst …!“

Aus dem Keller scholl jetzt wieder das ängstliche Weinen der Raupen herauf.

„Glagagg?“, klang dumpf und ein bisschen halbherzig Glaggs Stimme aus dem Gewölbe.

„Bleib, wo du bist, du treuloses Tier! Sonst …!“, brüllte die Grela über ihre Schulter.

Alani hätte gern gewusst, was sonst, aber sie wollte die Raupenentführerin nicht noch wütender machen. Sie überlegte fieberhaft, wie sie unbemerkt nah genug an eins der Fässer gelangen könnte, um es doch noch umzuschubsen und der Zauberin auf den

Fuß zu donnern. Das sollte ihnen genug Vorsprung verschaffen, um in den Keller zu kommen und die Tür hinter sich zu verrammeln. Dann konnte Gelbwürfel Hilfe holen.

Die Grela öffnete den Knoten der Kordel und schielte mit einem Auge in den Beutel. Darauf hatte Gelbwürfel nur gewartet. Er holte tief Luft und pustete, so kräftig er konnte, mit seinem Rüssel hinein. Grauvioletter Puderstaub stieg in einer Wolke empor und hüllte das Gesicht der Grela vollständig ein.

Nalu hielt die Luft an und zählte bis drei.

„Haaaa… haaaa… haaatschi!“, machte die Diebin.

Dann fiel sie – noch im Niesen – einfach um.

Alani ließ das Fass los. Es rumpelte ein bisschen. Dann stand es wieder still.

Nalu atmete keuchend aus. „Heiliger Pollenflug!“

Tua konnte gerade noch die Hände ausstrecken, um den Sturz der Raupendiebin ein wenig abzufangen, und dann zur Seite springen, bevor sie auf seinen Füßen landete.

„Upps. Schwer“, sagte er und klopfte sich die Hände an der Hose ab. „Was hat sie denn?“

Alle vier starrten auf die lang ausgestreckte und friedlich schnarchende Zauberin.

„Pilzkoma“, erklärte Nalu ein bisschen kurzatmig. „Passt bloß auf, dass ihr das Zeug nicht auch einatmet!“

Alani riss die Augen auf. „Ach, deswegen schläft die Morchella also immer ein!“

Nalu nickte. Mit einem glücklichen Grinsen im Gesicht drehte sie sich zu Gelbwürfel um und umarmte den großen gelben Falter. „Du bist mein Held! Ich *wusste,* dass das in dir steckt! Schon immer! Ich bin sooo stolz auf dich!“

„Du hast uns gerettet!“, flüsterte Tua anerkennend. „Ihr beide!“

„Ja, das habt ihr“, lobte auch Alani leise. „Aber noch haben wir die Raupen nicht! Wie lange hält diese Betäubung an? Was machen wir jetzt mit der Grela? Und was machen wir mit Glagg?“

„Er ist gerade allein da unten mit unseren Raupenbabys!“ Es fiel Tua sehr schwer, nicht panisch loszuschreien.

„Ist er nicht“, wisperte Nalu und grinste jetzt noch breiter.

„Ist er doch!“, widersprach Tua.

„Nicht streiten, ihr Zankbeeren“, sagte Alani ächzend und hievte sich Grelas Füße auf den Schoß. „Helft mir lieber mal!“

Gemeinsam knoteten sie die klebrigen Schnüre, die sie unterwegs gefunden hatten, um die Beine und Hände der Entführerin und zogen sie in den Schatten der Fässer.

„Das sollte halten, bis wir unsere Raupenbabys zurückhaben! Los, worauf wartest du, Nalu?“ Alani und Tua rannten zur Tür und blieben dort stehen.

„Komme schon.“ Nalu hatte einen Fadenrest übrig behalten. Darauf tupfte sie ein paar lilafarbene Krümel des Schlafpulvers und klebte das Ganze über Grelas Mund. „Schöne Grüße von Morchella“, knurrte sie und lief den anderen hinterher.

Im Turm unten rumpelte und schepperte es. Irgendetwas ging klirrend zu Bruch.

Das Weinen der Raupen drang zu ihnen herauf. Dazwischen rief Glagg: „O nehneeh Glagagg!"

Es rummste noch einmal. Dann war Stille.

Alani rechnete mit dem Schlimmsten.

Ohne nachzudenken, stürmte sie hinunter, Tua und Nalu direkt hinterher. Sie rannten die Treppe hinab, rissen die Tür auf und prallten beinahe in Windblüte und Braunauge hinein, die bereits die Raupen losgebunden hatten und sie wiegten und trösteten.

„Was macht ihr denn hier?", rief Alani erstaunt.

„Sag ich doch die ganze Zeit", grinste Nalu. „Ich habe Verstärkung mitgebracht. Wir haben die beiden auf dem Dach abgesetzt. Gelbwürfel hat ihnen ein bisschen geholfen. Der Gegenwind war wirklich heftig."

Windblüte zirpte fröhlich, aber Alani sah, dass sie immer noch ziemlich erschöpft war.

Die Raupen jubelten und gähnten abwechselnd.

Glagg kauerte auf einem der Stühle. Vier Leuchtkäfer blendeten ihn mit ihrem Lichtstrahl, und er versuchte erfolglos, sich aus einem Netz frischer Raupenfäden zu befreien.

„Lass es!", schimpfte Alani und hob drohend den Zeigefinger. „Du fürchterlicher Flughund!"

Erschöpft ließ Glagg die verklebten Flügel hängen. „Glagagg nek nek gahh.“

Nalu legte den Kopf schief. „Ich glaube, er ist gar nicht so böse.“

„Darüber reden wir später“, sagte Alani. „Jetzt will ich wissen, wie es unseren Babys geht!“

Kapitel 21

„Habt ihr Durst? Seid ihr hungrig? Könnt ihr noch wach bleiben, bis wir zu Hause sind?“, bestürmte Nalu die kleinen Raupen und drückte jede einzelne immer wieder an sich.

Blaubär und Seidenglanz fiepten kläglich.

„Oje. Habt ihr nicht mehr genug Seide?“, fragte Alani leise.

„Oder Kraft?“, fragte Tua.

Rosentau nickte, dann schüttelte sie den Kopf. Ihr kleines Doppelkinn zitterte, und sie sah schnell nach unten.

„He, das ist kein Grund, sich zu schämen“, sagte Alani, hob Rosentaus Kinn an und sah ihr in die Augen. „Wir finden eine Lösung.“

„Und wir bringen euch ganz schnell nach Hause“, versprach Nalu. Sie schaukelte die kleine Raupe und klopfte ihr den Rücken. „Im Tausendflügeltal warten nämlich ein paar ganz besondere Kinder auf euch, und die konnten auch die halbe Nacht nicht schlafen, weil sie sich schreckliche Sorgen um euch machen!"

„Kommt alle mit nach draußen!", rief Alani und hob die Fadenknäuel auf. „Ich habe eine Idee!"

Windblüte zirpte fragend.

„Was ich vorhabe? Das werdet ihr gleich sehen. Aber ich brauche eure Hilfe. Allein hätten wir das nie geschafft, niemand von uns, und der Rest geht zusammen auch am leichtesten! Gemeinsam sind wir schnell und stark und schlau!"

Alani behielt recht. Zusammen bewerkstelligten sie es, die klebrigen Seidenknäuel vorsichtig wieder abzuwickeln und behutsam um die schläfrigen Raupen zu winden. Das Ergebnis sah ein bisschen sonderbar aus. Aber am Ende waren alle in kunterbunte Kokons aus lauter verschiedenfarbigen Klebefäden verpackt.

Windblüte zirpte vergnügt.

„Ja, du hast vollkommen recht", sagte Alani lachend, als sie fertig waren. „Nicht schön, aber selten! Und das Wichtigste ist: Es funktioniert."

Nalu legte ihr Ohr an die Hüllen. „Sie schlafen", stellte sie zufrieden fest.

„Und was machen wir jetzt mit denen?" Tua zeigte auf die gefesselte Grela und Glagg.

Die Grela schnarchte immer noch. Alani hatte den Flughund losgebunden und mit der Krummschnabelfeder bedroht. Anscheinend war zumindest er kitzlig – oder er hatte Angst vor Braunauge. Jedenfalls hatte er ihnen geholfen, die Raupen nach oben zu tragen. Jetzt hing Glagg kopfüber an der Deichsel des Leiterwagens, bewacht von den Schmetterlingen und Leuchtkäfern, und guckte beschämt.

„Wenn wir sie einfach laufen lassen, werden sie doch wieder Blödsinn machen …“, sagte Tua.

Alani funkelte ihn an und verschränkte die Arme. „Raupen entführen und ihnen solche Angst einjagen ist ja wohl ein bisschen mehr als Blödsinn“, schimpfte sie los. „Wer weiß, was passiert wäre, wenn wir sie nicht gefunden hätten! Das muss bestraft werden!“

„Ja, das muss es ganz sicher“, gab ihr Tua recht. „Aber das ist Papi Jongs Aufgabe. Er wird eine gerechte Lösung finden. Mir geht es wie den Raupen. Ich möchte jetzt einfach nur nach Hause. Fliegen wir? Lasst uns den Rückenwind ausnutzen.“

Die Schmetterlinge machten sich startklar, und Alani verriegelte mit Tuas Hilfe das Burgtor.

„Moment noch“, bat Nalu.

Gelbwürfel zirpte verwundert.

„Ja, ich habe gesehen, dass du als Erster fertig warst. Und das ist oberpollig gut“, antwortete sie abwesend und ging zu dem bedröppelten Flughund hinüber.

„Hier“, sagte Nalu leise und holte etwas aus ihrer Tasche, während die anderen die frisch eingewickelten Puppen auf Braunauge festbanden.

„Probier mal. Das sind Honigtau und Pollenkuchen. Man muss nicht klauen oder schlimme Dinge tun, bloß weil man gern etwas möchte. Freunde teilen. Wer nicht gern teilt oder auf den anderen achtet, ist keine gute Freundin.“

„Und auch kein guter Freund“, sagte Tua, der leise hinter sie getreten war.

Ausnahmsweise widersprach Nalu ihm nicht.

„Jedenfalls kannst du Grelas Fesseln lösen, sobald wir weg sind."

„Oder du lässt sie noch ein bisschen dran und genießt deine Ruhe", kicherte Alani und wurde gleich wieder ernst. „Danach musst du sie ein Weilchen aus der Luft versorgen, falls eure Sauerkraut-Vorräte nicht reichen. Das Burgtor haben wir nämlich abgesperrt, damit sie nicht abhaut. Und den Schlüssel nehme ich mit!"

„Überleg's dir", sagte Nalu und kletterte auf Gelbwürfel. Diesmal hoben sie tatsächlich als Erste ab. Braunauge und Windblüte starteten direkt nach ihnen. „Wo wir sind, gibt's noch mehr."

Glagg quietschte fragend nach oben. „Gnekeck?"

Alani und Windblüte drehten noch eine letzte Runde über seinem Kopf.

„Mehr Abenteuer!", rief Alani zu Glagg hinunter.

„Mehr Aufruhr", kicherte Tua.

„Mehr Alani und Windblüte!", flüsterte Nalu und winkte dem Flughund noch einmal zu.

Dann ließen die Freunde die Grauburg hinter sich und flogen zurück ins Tausendflügeltal.

Kapitel 22

„Da kommen sie!"

„Sie sind wieder da!"

Alles, was Beine oder Flügel hatte, flog oder rannte den Kindern und ihren Schmetterlingen entgegen. Das ganze Dorf strömte auf der kleinen Lichtung unter den Baumhäusern zusammen.

Die erfolgreiche Rückkehr von Alani, Tua und Nalu verbreitete sich wie ein ansteckendes Lachen im ganzen Dorf. Die Schmetterlinge hatten kaum Platz zu landen, so dicht drängten sich alle auf der Wiese.

Immer wieder mussten Tua, Nalu und Alani erzählen, wie sie die Spuren der Raupen bis in die Windundwetterberge verfolgt hatten und wie der Sporenstaub der Morchella die Zauberin außer Gefecht gesetzt hatte.

„Bitte. Seid doch mal ruhig." Frau Seidenlieb hielt ihr Ohr an die etwas unförmig eingewickelten Bündel und untersuchte die verpuppten Raupen. „Ich kann nichts hören!", rief sie.

Alle standen um sie herum und guckten zu und redeten durcheinander.

„Was hat sie gesagt?“, fragte Papi Jong. „Es ist so laut hier.“

„Eben!“ Frau Seidenlieb hob gleichzeitig die Augenbrauen und die Arme.

„Ach so.“ Jetzt verstand er. „Seid doch mal leise“, verschaffte sich Papi Jong Gehör. Erst als seine Stimme über die Wiese schallte, verstummte das Geschnatter und Gezirpe für einen Moment.

„Besser!“ Frau Seidenlieb legte die Stirn in Falten und lauschte. „Hmm“, machte sie. Und dann „Mhmm“ und „Aha“.

Endlich hob sie den Kopf. Sie lächelte, und Alani atmete auf. „Alles in Ordnung. Sie schlafen immer noch tief und fest. Das habt ihr ganz wunderbar gemacht, ihr sechs … äh, zehn!“ Die Leuchtkäfer blinkten stolz, dass sie auch nicht vergessen wurden.

Nea und die anderen Vorschulkinder schlossen ihre verpuppten Raupen in die Arme.

Alani und Windblüte strahlten um die Wette. Nalu knuddelte Gelbwürfel, und Braunauge warf Tua übermütig ein paarmal in die Luft und fing ihn mit seinem Rücken wieder auf.

Und dann mussten sie alles immer wieder erzählen und ständig von vorn anfangen oder Fragen beantworten.

Irgendjemand holte einen Klappstuhl. Dann spannte jemand anders eine Hängematte. Plötzlich standen Tische und Bänke auf der Wiese, und Essen und Trinken gab es auch. Alle wuselten abwechselnd durcheinander und hörten wieder zu. Alani, Tua und Nalu wurden gefeiert und umsorgt, und natürlich bekamen auch die Schmetterlinge und die völlig übermüdeten Leuchtkäfer Honigtau und Pollenküchlein.

„Ihr seid doch bestimmt durstig!"

„Und hungrig!"

„Und müde!"

„Und wie war das mit dieser Zauberin?"

„Und warum schläft die Morchella immer ein?"

Und so mussten sie alles noch mal und noch mal und noch mal schildern. Die Schmetterlinge erzählten es den Schmetterlingen. Die Kinder berichteten ihren Freunden und Verwandten davon, und die Leuchtkäfer – die waren auf der Stelle eingedöst, genau wie Nea und Hoku und die Patenkinder von Rosentau und Blaubär und den anderen gestohlenen

Larven. Aber selbst im Schlaf hielten die Kinder ihre verpuppten Raupen ganz fest im Arm.

Sie bekamen nicht einmal mehr mit, dass Marie Posa den Schmetterlings-Chor zusammengetrommelt hatte und noch einmal das Raupentagslied anstimmte – alle Strophen!

„Ich glaube, ihr hattet mehr Glück als Verstand." Papi Jong hörte gar nicht mehr auf, den Kopf zu schütteln. Mami Jong wiegte Nea, die mit Seidenglanz im Arm vor Erschöpfung eingeschlafen war.

„Auf die Grauburg geflogen!", wiederholte Oma Fadenreich bestimmt zum elften Mal. „Ganz allein! Das geht doch nicht!"

„Das letzte Stück sind wir gelaufen", erklärte Tua bestimmt auch zum elften Mal.

Mami Jong und die anderen Mütter drückten abwechselnd ihre Kinder und die Schmetterlinge immer wieder an sich. „So ein Leichtsinn!"

„Aber auch heldenhaft!"

„Und beherzt."

„Und pfiffig", kicherte Großonkel Kasimir und kniff Alani in die Wange. „Ihr habt die Raupenbabys gerettet. Das habt ihr supersummsig gut gemacht. Dann können wir ja jetzt endlich das Raupenfest feiern, oder? Hat jede ihr Bettchen? Wo ist der Honigwein?"

„Aber das haben wir doch gestern schon gefei...", wollte Tua widersprechen, aber Papi Jong unterbrach ihn. „Feiern ist eine hervorragende Idee! Ja, das machen wir unbedingt", sagte er. „Feiern kann man nie genug! Ich erkläre den heutigen Tag zum Puppen-Feiertag! Schulfrei ist ja sowieso." Er lachte dröhnend. Dann räusperte er sich und beugte sich noch einmal ganz tief zu Alani und ihren Freunden hinunter. „Trotzdem sind wir uns hoffentlich einig, dass so etwas nicht noch einmal vorkommt!", sagte er bemüht streng. „Keine Alleingänge mehr. Das war sehr gefährlich! Ich hoffe, du hast etwas daraus gelernt."

Alani grinste. „Oh ja, das habe ich. Ziemlich viel sogar." Sie zwinkerte Nalu und Tua zu.

Am Rand der Lichtung erspähte sie die weise Morchella, die sich summend im Takt der Musik wiegte.

„Warte mal kurz. Morchella! Bei dir wollte ich mich auch bedanken!", rief Alani und rannte hinüber. „Ohne dich und dein Sporenpulver hätten wir das niemals hingekriegt."

Papi Jong folgte den Kindern langsam.

„Ja, wer hätte das gedacht, oder?" Die alte Pilz-

dame kicherte geschmeichelt. *„Der Borkenkäfer hatte wirklich recht. Wo steckt der eigentlich?"* Sie gähnte herzhaft. *„Na, wird schon wieder auftauchen, der Kleine. Schön, dass du die Feder noch hast. Ich fürchte nur, ich bin ein wenig allerrrrrrrtschiiiii!"*

„Oh, Gesundheit", rief Alani. „Was ich dich dazu noch fragen wollte ..." Aber da hatte die alte Pilzdame sich bereits wieder verpufft. „Das wird sich wohl nie ändern", seufzte Alani und wandte sich an ihren Vater. „Was passiert jetzt mit der Grela und ihrem Flughund?"

„Unsere Hummel- und Hornissentruppe ist schon am Packen. Die sind sehr froh, endlich mal etwas zu tun zu haben. Ich trinke nur noch schnell meinen Tee aus und halte eine Rede. Dann geht's los. Wir kümmern uns darum. Ihr schlaft euch aus."

„Bitte, können wir nicht mitkommen?", bat Nalu. „Ich glaube, Glagg ist gar nicht so übel. Er hat uns am Ende sogar geholfen."

„Ach, hat er das?", fragte Papi Jong erstaunt.

„Kann sein, ein bisschen vielleicht", sagte Tua zögernd. „Was sagst du, Alani?"

„Hmm", machte Alani und tippte sich nachdenklich mit der Feder an den Kopf. Sie hatte nur noch halb zugehört. Ihr Blick schweifte über den Kreis der ausgelassenen Dorfbewohner. Alle feierten, umarmten und freuten sich.

Dann sah sie über die Baumwipfel hinüber in Richtung der Windundwetterberge.

Am Horizont flog gerade ein empört kreischender Schwarm Krummschnäbel auf. Und war da nicht ein Flughundschatten? Oder war das nur eine Wolke?

Alanis linke große Zehe kribbelte. Sie hatte das untrügliche Gefühl, dass diese Geschichte noch nicht vorbei war. Noch lange nicht!

Aber für den Augenblick war alles gut.

© Catharina Cordes

Karin Müller lebt mit ihrer Familie und vielen Tieren in einem kleinen Fachwerkhaus mit einem großen Garten in der Nähe von Hannover. Sie hat Angewandte Kulturwissenschaften studiert und früher als Redakteurin beim Radio und bei der Zeitung gearbeitet. Inzwischen sind über 100 Bücher von ihr erschienen. Am liebsten schreibt sie mit Blick in die Natur, einer Katze auf dem Schoß und ihrem Hund auf den Füßen.

© privat

Verzauberte Welten, malerische Tierwesen und entzückende Märchen kreiert die Illustratorin **Isabelle Metzen,** und das schon von klein auf. Seit ihrem Diplom an der FH Münster arbeitet sie als freie Illustratorin für verschiedene Kinder- und Jugendbuchverlage, lebt sich in Wimmelbüchern aus und beschäftigt nebenbei zwei Katzen.

IN DIESEM TIERHEIM IST NICHTS, WIE ES SCHEINT

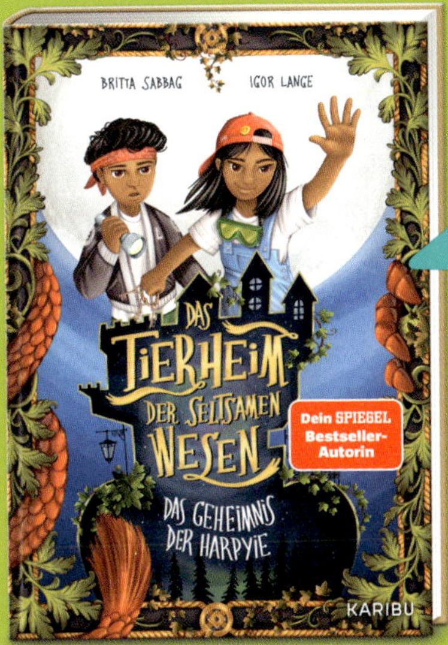

WIE ALLES BEGANN

BRITTA SABBAG / **DAS TIERHEIM DER SELTSAMEN WESEN (BAND 1)**
ISBN 978-3-96129-293-6
AB 8 JAHREN

GEHEIMNISVOLL GEHT ES WEITER

BRITTA SABBAG / **DAS TIERHEIM DER SELTSAMEN WESEN (BAND 2)**
ISBN 978-3-96129-330-8
AB 8 JAHREN

WWW.KARIBUBUECHER.DE

KARIBU

KARIBU – Ein Verlag der Edel Verlagsgruppe

1. Auflage 2024

Kaiserstraße 14a, 80801 München

Umschlag- und Innenillustrationen: Isabelle Metzen
Umschlaggestaltung: Christian Keller
Layout & Satz: Malte Ritter, Berlin
Druck: Grafotisak, BiH-Grude
ISBN: 978-3-96129-367-4
Printed in Bosnia Herzegovina
www.karibubuecher.de

Unsere Bücher findest du auch auf Antolin.
www.antolin.de